ついに私は霊にとりつかれた

シフト制

弥栄友祈

たま出版

プロローグ

この物語は、実際に私の身に起こった出来事を書いたものです。ですが、あまりにもオカルトチックでぶっ飛んでいるため、小説のかたちで書きました。信じられる人は信じていただき、信じられない人はフィクションの小説だと思って読んでくだされればと思っています。

私は何も、霊の世界を科学的観点から解き明かすだとか、そういう気概は持ち合わせていません。また、この作品に出てくる霊体の正体を暴きたいなどとも思っていません。ですから、信じられない人がいても驚きもしないし、それはそれ、これはこれと割りきって読み進めていただければ幸いです。

作品に出てくる人物、霊体の名前は、すべて仮名にさせていただきました。場所や地名も、知られると困る場合が多いので、伏せさせていただきました。

私自身、弥栄友祈（やさかともき）というのもハンドルネームであり、実名ではありません。

では、この作品を読んでいただくにあたって、私の人となりもかんたんにご説明します。

私は現在、二十九歳で独身。本業は個人事業のシステムエンジニアです。職種からは縁遠いスピリチュアルな世界に興味を持ってはいますが、霊体験や心霊写真といったものはこれまで一度も起こったことがありません。金縛りすらありません。どちらかというと、現実世界をどのような人生観で楽しく明るく過ごしていくかということを中心に、学び、実践している程度です。宗教などいろいろ知識はありますが、結局、日本に古くからある神道的なものの捉え方をベースに、感謝の気持ちを忘れず喜びを感じて生きていくとか、わりと誰でも持っていそうな人生観で生きてきました。

この本を手に取った読者の中には、私以上にスピリチュアリズムを研究し実践している方も多いかと思いますが、私が間違った解釈やものの捉え方をしている表現が出てきた際には、温かくスルーしていただければと思います。

また、この本の完成を手伝ってくださいました守護霊様、守護神様、霊体の方々、八百万の神々様に深く感謝します。そして何より、出版に賛成していただきました霊体の親分様に感謝します。

ついに私は霊にとりつかれた
～シフト制～

目次

目次

エピソードⅠ

二人の友達

はじまりは九月、某日某所、その日は記録的な豪雨で大変な騒ぎだった。夕方頃、私の職場では気象庁からの緊急警報のメールが一斉に鳴り響いていた。

その日、私は珍しく残業を二時間程して、ほどよい達成感を感じつつ職場を出た。帰路は地下鉄でターミナル駅まで行き、さらに私鉄に乗り換えるのだが、なぜかいつもと雰囲気が違う。駅の改札口で大勢の人が立ち往生しているではないか。駅の案内電子掲示板には、でかでかと『雨天のため運転見合わせ』の案内が流れていた。『くそ！　やられた』と思いつつも、冷静に仕事でつきあいのある営業マンに電話した。なぜなら、その営業マンの職場が駅近くで、同じように帰宅できないでいるに違いないと思ったからだ。案の定、その営業マンも帰れずにいた。そんな彼から職場の帰れない者同士で近くの立呑屋で飲んでいるので、合流しないかと誘われた。どのみち電車は止まっていて帰れない。特に断る理由も見あたらないので、二つ返事でその立呑屋に向かうことにした。
それが、運命が変わる出会いのはじまりだった。

立呑屋に着いて営業マンに合流すると、彼はすでにほどよく酔いが回っていた。社交辞令の挨拶を交わし、すぐに豪雨の話題でまわりに溶け込む。彼はこの店の常連客で、私の知らない人間と親しげに会話をしていたが、私も愛想よく笑いかけ、見ず知らずの常連客と絡む。なぜなら、その店に来ていた客のほとんどが、電車に乗れず足止めを食らっている者ばかりで、何か不思議な連帯感が店内にあったからだ。そんな連帯感の中、その人物と出会ったのである。

彼の名前は翔ちゃん。私の二つ年下でこの店の常連客。彼が挨拶がわりに名刺を取り出したので、私も名刺を取り出して交換する。この店は、立呑屋とはいえ、社交場にもなるようだ。彼の名刺を見ると、肩書きは代表と書いてある。それを確認した直後、隣にいた女性が口走った。

「翔ちゃんは社長さんだよぉ」

私は最初、彼の外見からの第一印象で『胡散臭いやつ』と思ったが、まぁ、ここは無難に社交辞令でかわす。翔ちゃんは、土木建設というか、いわゆるガテン系の仕事をしているらしい。一通りの自己紹介が済むと、早々に馴れ馴れしく私のことを友ちゃんと下の名で呼びはじめたため、私は正直ウザいと思っていた。その後も、どうにもつまらない社交的な会話を続け、いつもなら終電の時間に店を出た。駅に着くとさすがに電車は動いていて、無事に帰宅することができた。

その日以来、たまたま立呑屋で知り合っただけの関係の私に、翔ちゃんはすでに友達だといわんばかりに電話をかけてくるようになった。面倒な奴に関わってしまったと思いつつも、電話の相手をする。大抵は呑みに行こうとの誘いの電話だったが、なかには一緒に旅行へ行こうなどと言い出すこともあった。私は、一度会ったからというだけでそこまでフレンドリーには接しない。おそらく本書の読者も同じ気持ちだろう。

なるべく私は、適当な距離を保ちつつ接していた。あの日までは――。

話は変わる。ここで、もう一人の登場人物であるめぐみちゃんを紹介したい。

彼女と私は、残念ながら恋人ではなく友人関係だ。二年ほど前に仕事でつながった知り合いで、最近になって彼女から相談事を聞くようになり、よく連絡を取るようになった。年は私より三つ上のバツイチで、シングルマザー。元旦那とは、最近何かと流行っているDVが原因で離婚したとか何とかで、今は十歳になる娘さんと一緒に実家で暮らしながら、次の結婚相手を探している。子どもが平日小学校に行っている間に会って話ができる相手として、平日の昼間でも自由に休みが取れる私が彼女にとって都合がよかったのだろう。

大概の相談内容は恋愛絡みで、彼女も男運がないというか、私から見たらろくでもない男とばかりつき合っているので、どんな男がよくて彼女に合っているのかなど、親身に相談に乗っていた。

そんな中、十月某日、彼女の相談をいつものように聞いていると、彼女から信じられないような話が飛び出した。

「私、実は霊とか見える体質なのよね」

私は、その言葉を真剣に受け止めるべきか、何の冗談だよとからかうのか、一瞬、躊躇（ためら）った。確かに私はスピリチュアルに興味を持ってはいるが、実際に霊が見えるとか、そういう話は今まで体験したことがない。彼女の言っていることが本当かどうかわからないまま、続きを聞いた。

「子供の頃からそういうのが見えて、怖い思いもしたけど、親や友達に言っても誰も信じてくれないし、今だってこの部屋に何かいるんだけど、これはいったい何？」

彼女の表情は、いかにも真面目な話をしているようだった。だから私は、彼女の言葉を、何を冗談を、と笑うことはできなかった。私は恐る恐る彼女に聞き返した。

「そうか。本当に見えているんだね。今まさにこの場所にいるの？　どんな奴？」

するとと彼女が答える。

「うん。友くんには見えてないの？　そこら中にいるじゃない。なんだろう。もやっとしていて、目や口はなくて白いの。もののけ姫に出てきた木霊みたいな感じの奴。私もはじめて見た……私もこれが何なのかわからない。ねぇ、友くんには本当にわからないの？」

今思えば、あの時からあっちの世界から使者が来ていたのではないだろうか、とも考えられるが、実態は不明なままだ。

私は、霊とか一般的に見えないものに対して寛容な考えをしているが、実際に見えたことはない。ただし、『感じる』という表現が正しいのかどうかわからないが、何か霊的な、見えないものを感じたりはする。さらに言えば、嫌な空気のする場所、いい空気のする場所といった、表現に困るが何かを感じていることはある。はたして、今彼女が見ているそれが人に害を与えるものなのか。

とりあえず彼女の言葉をそのまま信じることにして、さらに問いただした。

「ねえ。その見えているものから嫌な気はしてない？」

「うーん。嫌な気はしない。でも不思議。わからないけど、悪いものではない気がする」

彼女のように見えるわけではないが、何か悪いものであれば私も嫌な空気を感じ取っていてもいいはずで、それがないということは、少なくとも彼女が見ているものが何か悪さをするようなものではないということになる。そして、彼女もそう言ったのだからなおのことだ。

私は少しほっとしつつ、念のため、祓い詞を唱える。この祓い詞は、私が以前知り合った陰陽師に習ったものであり、神道では汎用的に使われている詞だ。見よう見まねでそれっぽく唱えているだけなので、効果のほどは不明だが、何もしないよりはマシか。


「すごい友くん。いなくなったよ」

私には姿が見えていないので、いなくなったと言われてもピンとこないし、祓い詞が役に立ったのかどうかも謎だが、とりあえず何事もなくいなくなったようなのでよしとしよう。

それから私は、彼女に次の提案をした。

「きっと考え過ぎなんだよ。そうだ、お祓いってわけじゃないけど、僕のよく行く神社があるんだけど、一緒に行かない？　凄く気持ちのいいパワースポットだよ」

その神社は知る人ぞ知るパワースポットで、スピリチュアリズムを実践する人や、言い方を古くさくすると信仰心のある人の間では有名な神社だ。彼女をそこへ連れて行きたい理由としては、彼女にとって心の変化があればと思ったからだ。信じられないかもしれないが、その神社は私が行くと神様からのメッセージを受け取ることがある。いや、正確に言うと受け取った気になる、が正しい。仕事で悩んでいる時に行くと解決策が閃(ひらめ)いたり、何か問題がある時に行くとやはりそれを乗り越えることができるその問題への考え方、捉え方というのが浮かんでくる。それを私は勝手に神様からのメッセージだと捉えているに過ぎないのだが、問題解決と神社に行ったことにまったく因果関係がないとは思えない。こういう体験がある人は読者の中にもいると思う。彼女にそんな体験ができるかどうかは別にしても、悩み多い彼女にとって少しでもプラスになればとの思いで提案したわけだが、彼女はそれを快く承諾し、後日、彼女とその神社へ行く約束を取りつけた。

そして神社参拝日。日付は十月の後半。彼女がまず私の家に到着すると、そこから私の車で出発する。神社までは片道一時間と、ほどよい距離がある。道中は会話も弾み、楽しいドライブを満喫しながら無事に到着。境内は、私が普段参拝する順番に沿って回った。そして神社の本殿の社の前に来たとき、彼女が言葉を発した。

「ねぇ、友くん。あれは何？」

私は彼女が何について聞いているのかわからなかった。

「何って、どれのこと？」

そう問いただしたら、意外な言葉が返ってきた。

「ほら、社の上に巨大な人が、肘（ひじ）を屋根につけてこっち見てるんだけど、あれはいったい何？」

私は、彼女が見ているものが何か、すぐに理解できた。それと同時に、彼女の言っている、霊が見えるというのは本当なんじゃないかと思えるようになった。彼女が見ているものは、この神社に奉られている神そのものの姿に違いない。当然私には見えていないものだが、確信があった。

そもそも、この神社にはじめて来た時からだが、ここには何か他と違う霊的なエネルギーと呼べるものがあって、私はそれを肌で感じていた。そして何より、以前から私がこの神社へ来てメッセージをもらった気になっていた体験というのが、本当に神様からのメッセージだったのではないかと思えて、嬉しくてたまらなかった。なぜなら、その神社のまさにその社に奉られている神様は「猿田彦命（さるたひこのみこと）」——日本神話にも出てくる有名な神様で、言い伝えでは体長十一メートル、鼻が一メートルあるとされる巨人の神様だ。そのことは神社マニアの間では知られていて、私も知っていることだが、当然、彼女はそんなマニアックな神様ウンチクを知らない。彼女が見ているものが、知らないはずの猿田彦様の特徴をズバリ言いあてていることに驚いた私は、彼女に説明した。

「今君が見ているものは猿田彦様だよ。見える人を連れて来たのははじめてで、僕も驚いたけど、やっぱりいるんだ。きっとここに来る参拝客を見守って下さっているんだよ。大きいでしょ？」

そう尋ねると、彼女も怯えた表情から和やかな表情に変わって、

「うん。大きい。こっち見ているよ」

私もそれを聞いてさらに続ける。

「それじゃしっかり参拝しよう。何かメッセージいただけるかもね」

そんなやり取りをしながら参拝をすませた。

次に、隣に併設されている天鈿女命（あめのうずめのみこと）の社へ向かう。これも私が普段参拝している順序だった。

天鈿女命の社で参拝を終えてから、彼女に質問をした。

「メッセージはもらえた？」

私は、彼女なら天鈿女様（あめのうずめ）からメッセージがもらえている気がしてならなかった。いや、もしかすると天鈿女様の姿も見えているのかもしれないと期待に胸を膨らませ、彼女の返事を待った。

「うん。もらった。やっと来てくれたねって言われた。あと、しっかりしなさいとも言われたし、安心しなさいとも言われた。とっても綺麗な方だった」

やっぱり彼女には姿が見えていたのかと思いながら、私はそのとき、不思議がるよりも、見えない自分が悔しいという気持ちにすらなっていた。

「よかったね。いいこと言われたじゃん」

そう言うと、彼女はうなずいた。

そのあと、社の脇にある滝へと向かった。私は彼女にその滝の説明をした。

「そこの小さな滝を携帯のカメラで撮って待受にすると、願いが叶うって言われているんだよ」

「へぇ、そうなんだー。なら、あやからないと♪」

そう言いながら無邪気に滝を見る。この滝は、パワースポットとしてテレビ番組などで紹介されるなど、一時期、人気を誇っていた滝だ。

彼女は携帯のカメラで写真を撮る。私は、以前からこの神社によく来ているのですでに写真は持っていたが、彼女とはじめて来た記念に写真を撮った。次の瞬間、目を疑った。滝の部分に、何やら顔のようなものが写り込んでいるではないか。私はビビって動揺したが、彼女は無邪気に滝の水を飲んでいるので、声を掛けずに考え込んだ。

『これは霊的なものか？　いわゆる心霊写真ってやつか？　いやいや、そんなはずはない。なぜなら、ここは神社の中で、パワースポット。心霊写真なんて撮れないはずだ。第一、私は今までそういうものと無縁だったわけだし、だからきっとこれは、たまたま光の反射か何かで顔のように見えているに違いない。気のせいさ』

そう自分に言い聞かせて、落ち着きを装った。

一方彼女は、滝のまわりに置いてあるカエルの置物が気になるようで、じっとカエルを見ていた。その滝のまわりには、縁起がいいことを装うためだろうか、色とりどりの大小合わせて二十体程のカエルの置物が置かれている。

すると彼女が話しだした。

「ねぇ、このカエルさんたち、動いているよ。飛び跳ねたり喋ったりする。すごくうるさい」

私は彼女の言っていることが不思議で仕方なかったが、きっと本人には私とは違う世界が見えているのだと半ば強引に納得し、彼女の方を見た。

「ねっ、喋っているでしょ？　あのカエルなんて、友くんのことずっと見ているよ。何か喋ってる」

ここまでくるともはや私には、ギャグか何かかと思えてきていた。彼女は本気だし、それでいておかしいし、でも無碍（むげ）にもできない。私に聞こえるのは滝の流れる音だけで、カエルの声なんて聞こえない。でも、霊感のある彼女には、カエルの置物が生きたカエルのように動き、また喋っているらしい。

そこで私は、彼女にカエルの通訳を頼んだ。

「僕に向かって何か言っているなら、代わりに何を言っているか教えてくれない？」

すると彼女は、そのカエルの置物を見つめ、しばしの沈黙のあとに話しはじめる。

「気をつけてって言っているよ。いったい何になんだろう？」

なかなかあたりさわりのない微妙な回答に、私は言葉を詰まらせた。

「そっ、そうなんだ……へぇー」

何に気をつけるのかわからないが、ただこの現状が面白くて、内容はどうでもよかった。霊感のある人と神社に行くと、神様の姿を見たり置物が生きているように動いていたり、不思議なことが起こる。もうこれだけで充分なネタになる。私はそんなことを思いながら彼女を見ていたが、彼女の視線は他の参拝客に向いていた。

「ねぇ。今の参拝客が滝の水をペットボトルに汲んでいたけど、その時近くにいたカエルが、汲んじゃダメって言っていた。これ、どういう意味？　ねぇ、汲んじゃダメなの？　私、飲んじゃったよ。私もダメなのかな？　それとも、あの参拝客に限りって意味なのかな？」

と、彼女が私に質問する。正直、『俺に質問されてもわからんし』と心の中で思いつつ、返事をする。

「さぁ、どうだろう。一応、この滝の水は飲んでもいいことになっているよ」

と、神社が発行している公式パンフレットに載っているような範囲で回答した。

とにかく、カエルが喋っていると言い出す彼女を見ているだけで楽しくて、それ以上のことは気にならなかった。

そのあと、今度は滝の手前にいるカエルの置物の目の前でしゃがみこむ。

「どうしたの？」

そう尋ねると、彼女が答える。

「この子、ケガしている。前に参拝客に踏まれたんだって。痛かったよね」

そう言いながら、カエルの置物に向かってよしよしと頭を撫でた。よく見ると、確かにカエルの背中には五百円玉程度の大きさの、塗料が剥げている箇所がある。彼女には、カエルが痛い痛いと言っているのが聞こえているみたいだった。私もその頃になると、不思議なことに置物だということを忘れ、彼女が本当に生きているカエルを撫でているように見えた。

そのあと境内を一周し、神社をあとにした。

彼女を送り届け、家に帰ってきたあたりでふと我にかえり、笑いが込み上げてくる。彼女が垣間見ている世界は私の想像を越えた領域にあり、私には理解できないが、そういうことがまったくないとは考えられないため、ただただ不思議なことだなぁと思うしかなかった。

その後も彼女とは連絡をとり、何気ない会話から翌週の休みにまた会う約束をした。その日は何と、私の誕生日である。嬉しいことに彼女が私の誕生日を祝ってくれるみたいで、何ともありがたい。誕生日までの数日間、私は仕事をこなして過ごすのだが、その間も彼女と連絡を取り合っていた。

どうやら彼女は、あの神社へ行ってから体調が優れないようで、励ましのメールのやり取りが中心だったが、誕生日を迎えると、気になっていたことが現実になった。

そう、彼女が体調の悪さを理由にドタキャンしたのだ。誕生日の予定をその日にドタキャンされたら、通常は苛立つものだ。しかし、体調が悪いのであれば怒ることもできず、仕方なく諦めるしかなかった。私は、もやっとした気持ちで誕生日を一人でどう過ごそうか考えていたところ、都合よく例の立呑屋で出会った翔ちゃんから電話が鳴った。

「友ちゃん、今何してる?」

まったく、人の気も知らないで馴れ馴れしく名前で呼びやがって。

「あぁ、今日は誕生日で友達と会う約束していたけど、ドタキャンされちゃった。今はヒマしているよ。何か用事でも?」

そう電話越しに冷めた感情で話した。

「そうだったのか! 誕生日おめでとう! いやさ、今度旅行に行かないかって話なんだけど、どうかな?」

こいつは本当に自分の都合だけで話を進めようとする奴だ。そういえば以前にも旅行に行こうと言われていたが、体よく言葉を濁してかわしていたのを思い出した。

「あぁ、またその話か。第一、何しに行くんだ？　そして俺がそれにつき添う理由はなんだ？　理由(わけ)をちゃんと説明してくれ」

以前、電話で彼は仕事で行かないといけないと言っていたが、私はそんな理由でつきあうほどお人好しではない。そもそも大の大人が、いい年して男二人で旅行なんて、旅行好きならともかく、まず行かない。行くならちゃんとした理由が知りたかった。

「実はさ、俺は一度結婚して離婚しているんだ。五歳になる息子も元嫁も離れた場所にいる。元嫁のことは別にいいが、一日だけでも息子に会いに行きたいんだ」

少し重めの話だと察した私は、数秒の沈黙のあと、返事をした。

「それって、親権が母親の方にあって、子供に会いに行くってことだよね？　元嫁の方には連絡取れてるの？」

「いや、取れてない。実際に今もまだ前の住所に住んでいるかどうかもわからない。だから直接は会えないけど、遠くで息子をちょっとでも見ることができたらそれで十分なんだ。いや、実際に行ったところで会えない確率の方が高いってことは十分わかっている。でも一日でもいい。会えるなら会いたいんだよ」

私は戸惑った。何より、私には子供のいる人の気持ちがわからなかった。親とはそういうものなのか？　理解はできないが、アポなしで突撃して会えなくてもいい。会えても自分が父親とも名乗れず、遠くで見ることしかできない。そんな彼の言葉に、私は不覚にもつい同情してしまった。

「そうか。わかった。そういうことなら仕方ない。それを聞かされたら、一人で行ってくればいいじゃないかとは言えないな。俺がついて行ってやろうじゃないか。その代わり、そうだ、ちょうど今日は俺の誕生日だ。何か食事でもおごってもらおうかな」

そう言うと、電話越しでも伝わってくる喜びに満ちた感情が言葉になって出てくる。

「本当？　ありがとう友ちゃん！　あぁ、今日誕生日だもんね！　男二人だけど、プチ誕生会しようよ！　今日は俺も予定なくてちょうどヒマしているんだ。ただ、ちょっと他にも言わないといけないことが……」

もう、何なんだこいつは。他にもあるのか。前から思っていたが本当に面倒な奴だ。仕方ないからその続きを聞いた。

「実は俺、ある病気を抱えているんだ。そのことで事情をわかってもらいたくてさ」

今度は病気の話かよと思ったが、まぁ、よくある話だし、病気を抱えていようが問題ない。彼が病気の話をさらけ出すなら、私も本当のことを語った方がいいと判断し、スピリチュアリズムに関心を持っていることを話した。何より、数日前に神様が見えている人と神社に行ったばかりだったし、また、彼の病気の種類と程度にもよるが、改善策を導き出すのに私のスピリチュアルな経験というのが役に立つのではと思ったからだ。そもそも、スピリチュアルがどうとか、神社に祀られている神様がどうとかという話は、一般的にはウケない。そういう話をすると大概はイカれた人扱いされてしまうので、私自身も話をする人、しない人をしっかり見極めて話すようにしている。

「そうか。なるほど。なら、なおさら都合がいいかも。その病気のことなんだけど、実は霊的現象なんだと思うんだよ」

まさか、翔ちゃんも霊の姿が見えるとでも言いたいのだろうか？ それに、霊的現象で引き起こされている病気であれば、神社参拝や禊ぎ祓いなど、いくらでも改善できる知識を私はちょうど持ち合わせている。だから次のように返事をした。

「そうか。まぁ、直接今日会ったら、その話も聞くよ。私でも力になってあげられるかもしれないし、きっと大丈夫だから」

そう言って彼を勇気づけた。そして、夜の七時に翔ちゃんの家に直接私が行くことを伝えて電話を切った。男二人で誕生日会だなんて言われても大して面白くもないのだが、一人さみしく誕生日を迎えるよりはマシだ。大した期待は持たずに、私は約束した時間通りに到着するよう自宅を出た。

その夜、とんでもないトラブルに巻き込まれるなんて、その時は想像すらできなかった。

エピソードⅡ

誕生会が大除霊会に

翔ちゃんの家に着くと、すぐに彼が出迎えてくれた。

彼の家は、私の家から車で行くと高速道路を使えば三十分、下道を走れば一時間の距離にあり、住所は例の立呑屋の斜め向かいのマンションで、間取は1Kの賃貸物件。一人暮らしには十分な広さのある部屋だった。彼はそこで知り合いとルームシェアしているらしいのだが、私はいまだにもう一人の住人と会ったことがない。部屋自体は、独身男性独特の雑で整理が行きとどいていない、散らかった部屋だった。

私が部屋に入って最初に気になったのが、エアコンの取りつけられている壁だ。その壁から、なんというか、嫌なエネルギーを感じ取っていた。気味悪く、近寄りたくないような感覚だ。霊感センサーと言うべきか、どう言うのかわからないが、そういうたぐいのもので、私はこの部屋に長居したいとは思わなかった。

その壁を避けるようにしながら座布団に座ると、彼が事前に買ってくれたお茶と酒、ツマミや料理で早々に乾杯し、男二人だけの微妙な誕生日会がスタートした。

挨拶の下りが終わって、まず私は弥栄友祈名義の名刺を手渡した。私は本業とは別に名刺を持っている。これはスピリチュアル系専用の名刺で、そういう人達の集まる会やイベントに参加した時などに用意している名刺だ。

「力になれることがあるかもしれない。だからなんでも話してくれ」

そう言いながら名刺を渡した。

するとすぐに、病気のことを話しだした。

「実は俺、多重人格障害という病気を抱えているんだ。ただ、一般的に言われている多重人格障害とは違うんだ。理解されにくいけど、これは霊的現象なんだ」

そう言うと、彼は私のリアクションを気にして私の方を見る。

「へぇ。そうなんだ。俺は多重人格障害を抱えた人と接するのははじめてだから、よくわからない。でも、霊的現象なら、なんとかできるかもしれない。——それはいつからなの？」

まだその時は、私も彼の抱えている状況をまったく理解していなかった。そして、自分にも力になれると勝手に思っていた。

「もう五年ぐらい経つかな。はじめて現れた時は一人だけだったけど、次第に増えて、今現在、合計すると二十体ぐらいいる。最初のころは数分入るのがやっとだったけど、今では二日三日入られていても平気になった」

その言葉を聞いてもまだ、私は理解できていなかった。

「そうか。長いね。ちなみに、このマンションに引っ越してきたのはいつ？」

私はこのマンションのことが気になっていた。というよりも、部屋のエアコンの方の壁が気になっていた。そして、彼の病気である多重人格障害と部屋のエアコンの方の壁から出ている嫌な感じとの関連性を見出そうとしていた。

「ここには三年ぐらい前からいるけど……。それがどうかした？」

そう彼が答えると、私は彼の病気と部屋の壁とは何の関連性がないことに気づき、ちょっと予想外といった表情をして、彼に尋ねた。

「いや、さっきからこの部屋のエアコンの方の壁、ちょうどこのあたりから嫌な気を感じる。翔ちゃんの病気とこの嫌な気は関係ないのかな？　この部屋はあまりよくない気がする。引っ越した方がいいんじゃない？」

そう言って私は立ち上がり、問題の壁の方に手をかざした。

「あぁ、そのことなら俺も気づいている。確かに、あんまりこのマンションがよくないのも知っているけど、家賃のこともあるし、引っ越しはできない」

どうやら、彼にもこの嫌な気というのを感じられるらしい。私はそのことに驚いたが、知っているなら、これ以上この話をしても無駄だと思い、座布団に座り直した。

「それより、今日は友ちゃんの誕生日だよ。バースデーパーティだよ！　楽しもうぜ♪」

彼の言葉で目的を思い出した。そう、今日は私の誕生日だ。男二人だけだけど、気分だけでも楽しみたいものだ。私は車で来ていたので酒が飲めないのが残念だったが、彼ともう一度乾杯し直し、用意してくれた食事をいただいた。

「病気のことはあまり理解できてないけど、治るといいね」

私はまだ何も知らずにポロッと言った。

「この病気は治す方法がないんだ。でも、今はうまくこの病気とつきあっている。だからそんなに心配しなくていいよ」

彼がそう言った瞬間だった。台所の方から『ペキッ』とはっきりと聞こえる物音がした。いわゆるラップ現象というやつだ。私は台所の方を振り向いたが、特に変わった様子はない。そのまま数秒台所に目を向けていると、今度は玄関の方から『ギシ』とまたはっきり聞こえる物音がした。この部屋は明らかに何かおかしい。

「今の聞こえた？」

私は翔ちゃんの方を振り返る。

「あぁ、知ってる。この部屋でラップ現象はしょっちゅうあるよ。気にしないで」

そう言われても気になる。というより、私は彼があまりにも冷静すぎるのが気になっていた。それだけ彼にとっては日常茶飯事なのだろうか？　しばらく考え込んだ。

するとと彼が急に笑いだした。

「どうしたの？」

彼の突拍子のない行動に、あわてて問いただした。

「いや、別の人格が出たがっているんだ。ただし、出すのは友ちゃんの許可が必要なんだ。友ちゃんどうかな？　出してもいい？」

　要するに、彼の内部で別人格が出たいと言っているやり取りが行われているということだと理解した私は、少し不安を感じつつ返事をした。

「いいよ。多重人格がどういうものなのか、まだ理解できてないけど、翔ちゃんが出したいならかまわないよ。俺はどっちでもかまわない」

　そう言うと、彼はその言葉を待っていたかのように強く頷いた。

「じゃあ、そのうち出てくると思うけど、心配しないでね。彼らは悪いものじゃないから」

　別人格がどういうものか知らない私は、彼の言った『心配しないでね』の意味すらわからなかったし、このあとに起こる出来事の想像など一切できなかった。私が次にかける言葉を考えていたその瞬間、彼の体がぐいっと引っ張られたように後ろにのけぞった。

「うぅぐ！」

　そんな鈍い唸り声と同時に、のけぞった翔ちゃんを私は見つめる。

「へっ！　やっと入れたぜ！　この時を待っていた。この俺様が主役だ！　話はすべて聞いていたぜ。お前が友ちゃんだな？　これからよろしく頼むぜ！」

翔ちゃんの顔つきと声質が、今までとまったく違う。顔つきは人を睨みつけるような表情で、声は低めでドスのきいた声。私は固まって目が点になっていた。それと同時に恐怖心もあった。これが例の別人格なのだと頭で理解はしているのだが、いざはじめて見る多重人格者の別人格に、体と心がついていかない。するとまた表情がもとに戻り、通常の声質で話し出す。

「今のがハル先輩。他にもいて、彼がリーダーなんだよ。彼らは世間一般には多重人格とされているけど、本当は違う。霊体なんだ」

この光景を見て私はさらに混乱した。

「えっ？　霊体？　どういうこと？」

とにかく質問するしかなかった。するとまた顔つきが強ばり、ハル先輩とおぼしき人に翔ちゃんが変わる。

「おう！　俺たちは霊体だ。わけあって今は翔についている。人間の言葉で言ったら、憑依（ひょうい）ってやつだ。だから、多重人格とは違うんだが、医者ってやつは俺たちのことを病気扱いしている。まったく何にもわかってない奴らだよ」

そう言うとまた普段の翔ちゃんに戻る。

「もう。何で説明しようとしているのに勝手に喋りだすんだよ！　余計に友ちゃんが混乱するってのに。でも、そういうことなんだ。はじめは信じられないかもしれないし、混乱すると思うけど、そのうち慣れてくるよ。俺は彼ら霊体と前から過ごしている。悪いものではないから心配しないで」

私はこの時点でキョトーンとしていた。霊体？　もはや、思考が停止寸前だった。

彼の言葉の通りだとしたら、今出て来たハル先輩というのは霊体であり、すなわち幽霊ということになる。でも、そんな現象が目の前にあってたまるかという思いで彼の方を見る。

「おう！　さっきからうるさいなぁ。何だよ、今俺様が喋ってんだよ！　うぅ！」

「はじめまして。僕がカズです♪　よろしくね」

「なんや？　お友達に挨拶か？　わしも入れてくれ。わいは五郎や。よろしゅう」

「僕も出る！　僕なおと！　よろしく！」

私はキョトーンを通り越してパニックに陥っていた。今目の前で起こっていること を理解できるとしたら、多重人格者を専門に扱う医者ぐらいだ。今まで多重人格者を 知らなかった私は、この先彼とどう向き合っていけばいいのかわからない。むしろ、 これ以上彼に関わってはいけないのでないかとも考えた。とりあえず私は、なるべく 彼の言葉を肯定的に受け止め、この場だけ乗り切ってそれ以降は関係を断てばいいだ ろうと思っていた。

「よっ、よろしくです」

私の声は完全に怯えていた。おそらく、読者も私と同じ体験をしたなら同じような リアクションを取るだろう。これから何度もこういう状況が続くので、読者にわかり やすいよう、話し言葉には誰が喋っているのか括弧に名前を入れようと思う。実際に は翔ちゃんが一人で喋っているというのをふまえ、読者も私と同じ気持ちで呆然と読 み進めていただきたい。

「（ハル先輩）おお！　よろしくな。とりあえずあれだ。酒が飲みたい」

「(翔ちゃん) うん。これ飲んでいいよ」

コップに注いだビールを一気に飲み干す。

「(ハル先輩) ふーう! やっぱ酒はうめえな。霊体だと酒飲めねえからな。翔ちゃんの友達も遠慮すんなよ。ぱーっと飲め!」

「(翔ちゃん) 友ちゃんは車で来ているから飲めないよ」

「(カズさん) そうですよ。それに友ちゃんは、大事な翔ちゃんのお友達です。先輩、飲んでもいいけど粗相(そそう)だけはしないでくださいね」

「(ハル先輩) お前に言われなくてもわかってるよ! くそカズが出てくんじゃねぇよ! 俺が今友ちゃんと喋ってんだよ」

「(カズさん) そんな乱暴な口のきき方しかできないで、どうやって会話するんですか先輩。見てください。友ちゃんがこの状況についてこれないで、呆然とこっち見ていますよ。頭の悪い先輩がこの状況を下手に説明しようとすると、かえって迷惑なんです」

「(なおと君) そうだぁ! 馬鹿ハルはひっこめ」

「(ハル先輩) 誰が馬鹿だって？　てめぇに言われたくねぇよガキが！　俺様は天才だ」

「(翔ちゃん) どうだか。ハル先輩は以前小学校三年生の算数のテストで三十点だったくせに。根っからの馬鹿でしょ」

「(ハル先輩) お前、それを言うんじゃねぇよ。いいか、テストで三十点ってのは、人間味のある可愛らしい点数じゃねぇか。それだけ取れれば十分だ。友ちゃんもそう思うだろう？」

急に私に振ってきた。私は呆然と聞いているだけだったので、とりあえず話を合わせることで精一杯だった。

「そっ、そうですね」

「(ハル先輩) だろ？　友ちゃんはわかってんだよ！　ってことで、俺様は天才だ！」

「(カズさん) 先輩、いいですか。人間味のある可愛らしい点数とかって言いますけど、先輩は人間じゃなくて霊体なんだから、そんなこと通用しませんよ。第一、先輩は年をどれだけ重ねていると思っているんですか？」

「(ハル先輩) お前は、そうやって言葉の揚げ足を取りやがって、人間じゃねぇとか年とか、関係ねぇんだよ！」

「（カズさん）関係大ありですよ。人間で何年過ごし、霊体になって何年過ごしてきているると思っているんですか？　合計したら百歳は軽く超えているお爺ちゃんなんだから、小学校三年生の問題ぐらい簡単に解いてもらわないと天才とは言えません」

「（なおと君）そうだそうだ！　馬鹿ハルだから学習能力がないんだよ！　なんたって馬鹿だから」

「（ハル先輩）ぐぅぅ！　おめぇら、言いたい放題言いやがって。あががぁ！　覚えてろよ！」

…………。

このようなやり取りが数分間にわたって続いた。私はほとんど聞いているだけだったので、ハル先輩がいじられ役で、他がツッコミを入れる一人コントをしているかのように見えていた。話が尽きることなく時間だけが過ぎ、私はどのようにこの場を乗り切るかしか考えていなかったが、このあとから事態は加速する。

「（ハル先輩）それにしてもよ。さっきから気になっていたんだが、この部屋、やけに臭わないか？」

　そう言って翔ちゃんは立ちあがり、クンクンとまわりの臭いを嗅ぎだした。

「（ハル先輩）やっぱり臭いな。プンプンするぜ！　いったいどこから来てるんだ？

おい！　カズ、五郎、なおと、仕事だ。ちょっと様子見てくるぞ」

「（カズさん）ええ？　今からですか？　嫌ですよ、僕は」

「（五郎さん）ワイもいかなあかんのか？」

「（なおと君）馬鹿ハルだけ行ってくればいいだろ！」

「（ハル先輩）お前らなぁ、仕事だって言ってるだろうが！　またあとで酒は飲み直
すからいいだろうが！　すまねぇ友ちゃん。ちょっと様子見てくるから待っててな。

全員、ほら行くぞ！」

「（カズさん）しょうがないなぁ。わかりましたよ。友ちゃん。少しお待ちくださいね」

「（五郎さん）しゃあないなぁ、ほな行くで。なおともちゃんとついてくるんやで」

「（なおと君）うん。わかった」

　そう言うと、四つの人格はいったん翔ちゃんの体から抜けたみたいだった。つまり、

今翔ちゃんは本人自身だということ。通常の状態であるということなので、彼を質問攻めにした。

まずは、臭うというのはどういうことなのか聞いた。

「(翔ちゃん)彼らの中でも、特にハル先輩は犬のように嗅覚が優れていて、霊的な悪いものを鼻で察知するんだ」

そう彼は言うが、私はまだ彼らが霊体だと信じているわけではない。確かにこの部屋に入った時から、重たくて嫌な空気というのは感じていたが、それが霊的な悪いものの仕業(しわざ)で、それをハル先輩も嗅ぎ取ったとしても、それが霊体だからできたとはならない。仮に霊体だったとして、どうして翔ちゃんにとりついているのか、翔ちゃんに尋ねてみた。

「(翔ちゃん)ハル先輩は僕が生まれた時からついている。上の指示で、僕について見守り、いざって時は肉体に入り助けろって言われていたみたい。それ以外の霊体は徐々に増えていった。中学生ぐらいになると、彼らの存在に気づいて話せるようになり、二十一歳の時、はじめて僕の体にハル先輩が入ってきた。それから五年経って今のような状態になってる」

私はこの言葉で少し理解しはじめた。上の指示というのが気にはなるが、要するに守護霊みたいなもので、たまたま翔ちゃんはその守護霊が肉体にも入れてしまう体質なんだと。本当に彼の言葉通りであれば、確かに悪いものではない。そして、わりと気になっていたハル先輩の年齢を聞いてみた。

「(翔ちゃん)先輩の年は本人ですら忘れているみたいだけど、間違いなく百歳以上はいっている。ちなみに、ハル先輩が生きていたころは現代でいうヤクザだからね。さらに、ハル先輩のお兄さんもたまに出てくるけど、お兄さんはまさにヤクザの頭みたいで、めちゃくちゃ怖い。あと、カズさんは女が大好き。生きていた頃の記憶はあまり話さないから、僕も知らない。それから、五郎さんはお坊さんだった。なおと君は十歳ほどで亡くなっている。性格も子供っぽくてまだ幼いんだ」

どうやら一人ひとりにちゃんとした設定？といえるものがあるみたいだ。まだ半信半疑で、霊体という設定の多重人格障害なのか本物の霊体であるのかはわからないが、その時の私の望みは本物の霊体であってほしいと思っていたのかもしれない。

そういうことを考えていると、私はある異変に気づいた。それは、ずっとこの部屋に重たい空気というか嫌な感じがしていたのが晴れ渡っていく感覚だった。

「あれ？　ねぇ、翔ちゃんわかる？　今まで重たい空気で嫌な感じがしていたのに引いていく。何かした？」

私にはとても理解できないので、翔ちゃんに答えを求めた。

「(翔ちゃん)さぁ。俺もよくわからないけど、ハル先輩達が何かしたんだと思う」

私にはその言葉の意味はわからなかったが、軽くなった空気を堪能するように深呼吸をし、空気を味わっていたところ、翔ちゃんが大声を上げる。

「(翔ちゃん)来る！　ゴゥフ！」

「(ハル先輩)ただいま！　俺様参上だぜ！」

私は相変わらずこの光景に慣れずに呆然とした。

「(ハル先輩)いやぁよ、このご時世に近くの広い公園でよ、藁人形に釘打っていた奴いてよ。今何時代だと思ってんだよ！　馬鹿な女がよー！　そのせいでこっちまで悪い念が飛んできてたんだ。まぁ、俺様が止めてやったからよ、もう安心だ」

私はこの時から彼らが本物の霊体であることを確信した。なぜなら、重たい空気で嫌な感じがしていたのが晴れ渡るタイミングと、ハル先輩が帰ってきてすぐの言葉からしてそうとしか思えなかったからだ。そう思ってからは、彼らに対する見方が変わりだした。彼らは霊体で、すなわち幽霊である――そう認識すると、次第に恐怖と好奇心が入り混じった感情を持ちはじめた。そして、念を押すかのようにもう一度聞いた。

「あの。ハル先輩は幽霊なんでしょうか？」

「(ハル先輩) あぁ、そうだ。だから最初から霊体だって言っているだろ」

私は、今とんでもないものと関わっているんだと、改めて気づいた。後悔もしていたが、好奇心の方が勝った。なぜなら、霊体とこうして話す機会ははじめてだし、こんな摩訶不思議な体験をできる人が、世の中にどれほどいるだろうか。これはまたとないチャンスだとすら思えたからだ。

霊体であれば、人が亡くなったらどうなるとか、死後の世界、すなわち霊界のことや、それこそ天国や地獄がどうなっているのかも知っているにちがいない。死後の世界がどうなっているのかを、どんなスピリチュアル本よりもリアルに、目の前にいる霊体から直接話を聞けるのだ。スピリチュアルに興味を持つ私にとって、なんて恵まれた境遇だろう。私はその時、思い浮かんだ死後の世界についての疑問をハル先輩に聞いたが、ここでは私の感想程度の記述に留めておくことにする。

どうやら、彼らが霊体だからといっても、死後の世界がどうなっているのかはわからないみたいだ。というよりも、その霊体が直接経験した死後の世界はわかっても、それだけがすべてではないようで、あの世というのは人間が思い描くもの以上に複雑にできているようなのだ。ハル先輩は、人間について守護する任務をする前までは『無の世界』と言える場所に長い間いたらしい。だから、ハル先輩にとっては、死後の世界は何もない世界なのだ。

生きていた頃どうだったのかは、やはりほとんど覚えてないみたいだった。

ハル先輩に対して霊界に関する質疑応答が一通り終わると、今度はハル先輩が翔ちゃんについて話しだす。

「（ハル先輩）俺は、翔が生まれた時からついてずっと見てきた。こいつは悪い奴じゃねぇが不器用でよ。おまけに家庭環境も酷くて、あまり愛情を注がれずに育ってきた。そのせいもあって、中学になると家にいづらくて夜遅くまで悪い連れとつるんでよ。あまりいい友達には巡り会えてねぇ。高校に入っても大して変わらず、そのうちに中退よ。それから家出て自立しはじめてよ。その頃に知り合った彼女と三年過ごしてついにデキちゃった婚よ」

私は翔ちゃんの見た目や素振りから、すでに元ヤンキーだとは察していたが、これぞ典型的というような境遇っぷりを垣間見ることになった。

「(ハル先輩)それから一年間は幸せな結婚生活だったんだけど、仕事の都合で単身赴任。その間に嫁が他の男つくっちゃって呆気なく離婚よ。俺が翔の体にはじめて入ったのはその頃だ。離婚で自暴自棄になった翔は自殺未遂よ。俺が全力で止めてやったが、あの時は大変だったよ」

「(翔ちゃん)ホント大変だった。はじめて体に入られたあと、二日間ぐらい身動きできなかったからね」

「(ハル先輩)そっちかよ！　まぁ、翔の話でわかる通り、放っておくと危なっかしい。友ちゃんみたいな子が友達になってくれると本当に助かるよ。これから翔と仲よくしてやってくれや。なぁ！」

「はい。ハル先輩。こちらこそよろしくです」

まさか、霊体から友達をよろしくと言われるなんて思いもよらなかったが、この状況に慣れはじめていた私は、すっかり彼らと楽しく会話するほどまで余裕が持てるようになっていた。

そのあとも、他愛もない世間話を中心にいろいろ話はできたが、おかげで時刻はすっかり夜中になっていた。私は明日も仕事があるので、そろそろ帰ることをハル先輩に伝えた。

「(ハル先輩) なんだ、帰るのか？ そうかそうか。気をつけて帰れよ！ あっ、ちょっと待ってな、危険がないか様子見てくるから」

そう言って、霊体たちは翔ちゃんの体から抜け出す。もうこの頃には私もすっかり見慣れた様子でそれを眺める。無事に帰宅できるように霊的な危険から守ってくれるなんて、大した霊体たちだ。感謝と敬意をはらいつつ帰ろうとしたとき、状況は最悪な方に向かった。

「(ハル先輩) おい、友ちゃん。今帰るのはまずい。友ちゃんが車を止めたあたりに霊がいる。しかも何体もいやがる。追い払うからちょっと待ってな」

現時点では、翔ちゃんの体の中にいないはずのハル先輩が喋った。あとで知ったのだが、この霊体達はこっちの世界でいう携帯電話のような通信技術で、離れた場所からでもコミュニケーションが取れるのだ。何とも都合のいい話だが、今はそれどころではない。帰りたいけれど、彼らの様子を見守るしかなかった。

「(ハル先輩) おい。一体そっちに逃げた。カズ、まわり込め」

言われるやいなや、ハル先輩の指示に従って動く霊体たち。

「(カズさん) こちらカズです。ダメです先輩。数が多くてきりがありません」

「(ハル先輩) おい。弱音はくんじゃねぇ。いいか、友ちゃんに安全に家まで帰ってもらうためだ、何とかしろ。それにしても、なんでこんな数が多いんだ? 次から次へと湧いて出てくる。いったいどうなってるんだ。ほら、そっち行ったぞ」

私は霊を見ることはできないので事情はわからないが、何か大変なことになっているらしい。確かに重たく、嫌な空気をまた感じはじめていたし、ラップ現象もここ数分で増えてきていた。何かしなければ帰りが遅くなると直感した私は、車のバックミラーに、邪気や悪霊的なものを祓うのにうってつけの鈴のお守りが取りつけてあることを思い出し、ハル先輩に伝えた。

「あのぉ、私の車のバックミラーに、以前神社で買った鈴のお守りがぶら下ってます。その鈴を鳴らしたら邪気祓いになりませんか？」

そもそも霊体に対して、鈴を鳴らしてみたらどうか、と尋ねるのもおかしな話ではあるが、彼らならできるような気がした。

「(ハル先輩) 友ちゃん、相手はクマじゃねぇんだからよぉ、鈴なんか鳴らしても意味ねぇかもしれねぇが……あぁ、この鈴のことか。試しに鳴らしてみるぜ。どうだ？

ううん。鳴った瞬間は動きが鈍るようだが、ダメだ。これじゃ祓いきれない」

私は鈴をクマ避け用として車のバックミラーに取りつけたわけではないのだが、今いる悪霊にはあまり効果がなかったようだ。私もこれ以上知恵も出ず、彼らを黙って見守った。

「(ハル先輩)ダメだ。らちがあかねぇ。こうなったら仕方ない。クソジジィ呼ぶぞ。おい。クソジジィ! 聞こえるか? クソジジィ、返事しろ!」

その時は、ハル先輩が言うクソジジィが誰のことなのかわからなかったが、あとから翔ちゃんにハル先輩のお兄さんであることを教えてもらった。お兄さんといっても実の兄ではなく、生きていた頃に兄のように慕っていた関係だったみたいだ。そしてこのお兄さんは、仁義を持った極道ヤクザそのもの。ハル先輩がヤクザのチンピラだとしたら、お兄さんは頭(かしら)だ。

「(お兄さん)おい。俺を呼んだ奴は誰だ?」

翔ちゃんの口からかなりドスの効いた低い声が放たれる。目つきも、ハル先輩が可愛らしく見えるほどの威圧感があった。

「(ハル先輩)おお、俺だ。ハルだよ。おい、クソジジィ。まわり見てみろよ。えらい数の霊がいる。何とかしてくれ」

「(お兄さん)あぁ、おめぇか。わかっとるわい。上で少し見とったからな。それにしても多いな。四百体、いや五百体はいやがるな。かなり性質の悪い奴もいるのぉ。

どうしてこんなことになってるんだ？　てめぇ、何かしたか？」

「(ハル先輩)いや、それが俺にもわからねぇんだ。ただ、何とかしないとまずいだろ？」

「(お兄さん)あぁ、まずいな。ハル、お前本当に知らねぇのか？　てめぇ、何かやったたろ？」

「(ハル先輩)あぁ？　知らねぇよ」

「(お兄さん)本当か？」

「(ハル先輩)あぁ。いや、そう言えば、藁人形打っていたバカな女がいて、止めてやった。それだけだ」

「(お兄さん)なんだと？……それだ。それのせいで結界が破られたんじゃな」

「(ハル先輩)えっ？　それが関係あるんか？」

「(お兄さん)あぁ、大ありだ。ハル、てめぇ何してくれてんだ、こら！」

私は完全にこのお兄さんに脅えていた。霊的に怖いとかではなく、極道ヤクザの事務所に連れてこられたみたいな、そっちの恐怖心だ。

「(ハル先輩) いや、でもよ。かなりの怨念こもってやがったぜ。釘、五か所も刺していた。あれ放っておけば、その女はもちろん、俺達まで危険だったんだぜ」

「(お兄さん) そんなことはわかっとるわい! おめぇのムチャな止め方が引き起こしたんじゃ。てめぇで落とし前つけれねぇなら最初からするんじゃねぇ! クソガキが!」

「(ハル先輩) すっ、すまんクソジジィ。頼むよ、何とかしてくれ」

「(お兄さん) ……まあ、済んじまったことを言い出してもしょうがねぇな。ところでよ、てめぇ誰だ?」

そう言うと私の顔を見る。私はすっかり脅えて声が出なかった。

「(ハル先輩) この子は翔の友達の友ちゃんだ。これから帰るところだ」

「(お兄さん) そうか。契約者の連れか。なんだおめぇ、家に帰りてぇのか?」

私は脅えながら、引きつった声で「はい」と頷いた。

「(お兄さん) 今帰ったら死ぬぞ。死にたくなかったら大人しくここにいろ」

この状況では、怖いのは大量にいる悪霊ではなく、目の前のお兄さんだった。一刻も早く帰りたかったが、こうなると黙って従うしかなかった。

「（お兄さん）いいか、てめぇら。これから俺の指示に従え。この霊の数は異常で、かなり危ねぇ。今ここにいる使える霊体は誰がいる？」

「（ハル先輩）俺と、カズと、五郎と、なおと。あと銀とテツもいます。それから女三人衆もいます」

「（お兄さん）そうか。いいか、よく聞け、てめぇら。まず、ここに人間が二人いる。この人間の命を最優先に考えて行動しろ。今から俺が上に戻って仲間を連れてくる。それまで、お前らが人間二人を守れ。カズは玄関。五郎となおとはベランダ。女三人は北側の壁。銀とテツは南側だ。ハル、お前は人間二人の側にいてやれ。それから人間二人にも協力してもらう。まず、身につけている貴金属は外せ。部屋にある鏡やガラス類の反射するものはすべて伏せろ。いいか、伏せる時、なるべくそれを見ないようにするんじゃ。いいな。何か見えたりしたら命がないと思え。わかったな。それじゃいったん上に戻る」

そう言うと上に帰ったようだった。

「(翔ちゃん) お兄さん、怖い」

そう翔ちゃんが呟く。慣れているはずの翔ちゃんですらこの心境。私はそれ以上に怖いと感じていたのだが、冷静にとらえれば、お兄さんが発した言葉から、優しさと厳しさを持った大人の人だということがわかる。ここは黙って従った方がいいことだけは理解した。

「(ハル先輩) ぐずぐずしている暇はないぞ。言われた通りにするんだ。俺も手伝うからよ」

そう言って翔ちゃんは立ちあがり、鏡に映らないよう気をつかいながら鏡を伏せていく。窓のガラスもカーテンで覆い、私も腕にはめていたパワーストーンや腕時計を外した。

「(ハル先輩) これでひとまずは安心だ。クソジジィもそのうち帰ってくるからよ。タバコでも吸って待っていようぜ!」

私にはとても安心とは思えない状況でハル先輩はくつろぎだす。相変わらずラップ現象の頻度は高く、二分、三分おきにあちこちで鳴っている状況だ。そんな中でくつろぐさまは、さすが霊体と言うべきか。

「ぐぐ！」

急に翔ちゃんが声にならない声を出して倒れ込む。

「（？）おう、久しぶりの下界じゃな。人間の体に入るのは何年ぶりだ？　おい、今何年じゃ？」

またもやドスのきいた低い声で話す。だが、雰囲気が先ほどのお兄さんとは少し違う。いったい今度は誰なんだと疑問を持ったが、私にそれを聞いている余裕はなかった。

「（ハル先輩）今は二〇一三年です」

「（？）今答えたのはハルの坊やか。久しぶりじゃの。二〇一三年だと？　いったいそれは文久三年から見たら何年経っているんじゃ？」

「（ハル先輩）すみません、わかりません」

「（？）まぁいいや。てめぇの兄から先にこっち行ってくれって頼まれたんだ。待っている間、久しぶりにキセル吸わせてくれ」

「(ハル先輩) すみません。この家にはキセルないんです」

「(?) あぁ⁉ ねぇだと? てめぇ吸わねえのか? あるだろ」

「(ハル先輩) いや、今の時代はキセル吸わないんです。代わりにタバコってのがありやす」

「(?) タバコ? なんだそれは」

「(ハル先輩) こちらがタバコです。今の時代のキセルです」

と、一人二役で対応する翔ちゃんを私は見守るしかなかった。

「(?) これがタバコってやつか? で、どうやって吸うんだ?」

「(ハル先輩) 先端に火を点けるんです。こちらがライターです」

するとその方は左手にタバコ、右手にライターを持ちしばらく考え込んだ。

「(?) おめぇ、こんなオモチャみてぇのでどうやって火を点けるんだよ」

「(ハル先輩) すみません。見本見せやす。こうやって火を点けるんです」

「(?) なんじゃこりゃ⁉ すげぇな。火が点いたじゃねぇか。今の時代は便利になったもんじゃなぁ」

ライターから火が出るだけでこんなにもいいリアクションを取れるのは珍しい。それほど驚いていた。霊界から何十年ぶりかに下りてきて、こっちの世界をまのあたりにしたようで、本当にタバコやライターの存在を知らないようだった。

「(?)で、おめぇ、タバコとやらに火が点かねぇじゃねぇか。どうすんだ?」

「(ハル先輩)口にくわえて、吸いながら火を点けるんです。見本見せやすんで、口と手だけお借りします」

そう言いながら、ハル先輩が口と手だけに入り込んで操り、火を点ける。霊体は部分的に肉体に入れるらしい。

「(?)ほぉ、これがタバコってやつか。時代は変わったのぉ。うん、これはこれで悪くねぇ」

あとで翔ちゃんに聞いたところによると、この方はお兄さんの友達だそうだが、それ以上のことは翔ちゃんにもわからないらしい。

一服しているとお兄さんが戻ってきた。

「(お兄さん)待たせたな。何とか今のところは大丈夫そうじゃな。これから俺が指示を出す。みんな従ってもらうぞ。今連れて来た仲間達は霊の討伐にあたってもらう。お前らは部屋のまわりで人間を守れ。いいか。まずはこの部屋に結界を張る。用意してもらいたいのが、ロウソクとお香だ。あるか？」

お兄さんの指示で部屋に結界を張るらしいことは理解したが、これからいったい何がはじまるのかと私は興味津々だった。

「（ハル先輩）おい、クソジジィ。ロウソクはないけど、アロマキャンドルってのならあったぞ。代わりになるか？」

「（お兄さん）しょうがねぇ、それで代行しよう。お香はあるか？」

「（ハル先輩）この家にはお香がない。クソジジィ、どうするんだ？」

「（お兄さん）そうか、まぁしょうがねぇ。タバコの煙を代行に使おう」

正直この話を聞いた時、それでいいのかよと突っ込みを入れたかったのだが、とにかくせかせかと準備する翔ちゃんの邪魔をしないように眺めていた。

「（お兄さん）よし。ロウソクは三角形になるように三か所に置け。だいたいでいい。あと、酒はあるか？　酒を水で割って、一口だけでいいから、おめぇら飲むんだ。それが魔除けになるからよ」

お兄さんから出る指示に迅速に対応する。

「（お兄さん）あと、リング状のものはないか？　霊魂を吸収し、封じ込めるのに使いたい。何かないか？」

「（ハル先輩）指輪ならあるが、これは使えるか？」

その時玄関でラップ現象が起こり、お兄さんが叫んだ。

「（お兄さん）玄関見張れって言っただろうがぁ！」

すみませんお兄さん、今だから言えますが、あの時私は大量の霊よりお兄さんの方がよっぽど怖かったです。

「（お兄さん）よし、指輪でいい。手に持っていろ。ここに霊魂を集め封じ込める」

この時すでに時間は夜中の二時を過ぎていた。いわゆる、霊が最も行動しやすい時間帯だ。活動している人間は少なく、翔ちゃんの家の前の道路もめったに車が通らない。しかし、このタイミングで道路を通過する車のエンジン音が聞こえた。

「（お兄さん）おい、今家の前の道路走って行った車に何体か霊がついて行きやがった。カズ、すまねぇが、車を追っかけて様子見て来てくれ」

「(カズさん)了解です、お兄さん」

「(ハル先輩)クソジジィ、そこまでするのかよ?」

「(お兄さん)馬鹿野郎、当たり前じゃ。さっきの車について行った霊が、ブレーキ制御する機械に誤作動起こすような悪さしたらどうなると思っているんだ。運転手の命が危ねぇ。万が一運転手を死なすようなことになったら、俺達も罰を受けると思え。わかったかクソガキ!」

「(ハル先輩)そりゃ、わかってるけどよ。どうせ何もできねぇって。ほら、カズもすぐ帰ってきたぞ」

「(カズさん)お兄さん、問題ありませんでした。あのあとすぐに悪霊はこっちに戻ってきましたよ」

「(お兄さん)そうか。まぁ、用心するに越したことはねぇからな。いいかおめぇら、敵は大勢いる。時間はかかるじゃろうが、二時間ほどでケリをつける。それまで、おめぇら耐えてくれ。俺も討伐に加わるから、何かあれば連絡してくれ。こっちはバカハル、頼んだぞ」

そうしてお兄さんは討伐チーム側へまわった。これから二時間もこの状況が続くのかと考えたら気が滅入りそうになった。

そういえば、当の本人である翔ちゃんはさっきから出てきていない。ずっとハル先輩が入っていて、今目の前にいるのもおそらくハル先輩だ。

そこで、翔ちゃんはどこにいるのかたずねた。

「（ハル先輩）アイツなら、クソジジィが戻ってきたあたりから気を失って寝てる。まぁ、こんだけ肉体に霊体がころころ出入りされたら疲れるだろうよ」

ちょっと待てよ——ということは、今この場にいるのは、気絶して意識のない人間一人と、普通の人間である私と、気絶した人間の中に自在に入れる霊体達ということになる。霊体達を仕切るのはドスの効いた怖い声の、泣く子も黙りそうな極道ヤクザの頭。周囲は悪霊に囲まれ、守るものは代用品による即席の結界だけ。

カオスすぎるわ！　唯一、翔ちゃんがいたからある程度の冷静さを保てていたのに。一気に恐怖感が増してきた。きっと読者も、万が一同じ体験をしたなら冷静ではいられないだろう。

「(ハル先輩) もうこれで安心だな。時間は少しかかるけど、あとはクソジジィが何とかしてくれるさ」

『いやいや、とても安心できないんですけど……。一刻も早くこの状況から誰か助けてくれ』

私は心の中でそう叫んでいたが、とても声に出せる状態ではなかった。

「(ハル先輩) それにしても、指輪だと吸収に時間がかかるな。霊の入りが今一つだ。こんなんじゃ夜が明けちまうぜ。何か他にないのか?」

そう言いながらハル先輩は部屋を見渡したが、何も見当たらないようだ。私もじっと待っているだけなのがはがゆいのと、早く終わらせたい一心で、ハル先輩に提案する。

「ハル先輩。祓い詞(ことば)なら唱えることができます。効果はわかりませんが、唱えましょうか?」

「(ハル先輩) 友ちゃん、それだけは止めておけ。こいつらには大して効かないし、下手に刺激してかえって逆効果になることもある。気持ちはわからんでもないがな。他に何かねぇか？」

　祓い詞の効果がないのを残念に思ったが、その時、私は一つ思い出して、自分の携帯を取りだした。そしてハル先輩に見せる。

「これ使えませんか？　神社で撮った鳥居の画像です」

　私の携帯には都合よく鳥居の画像があった。こちらも効果のほどはわからないが、悪霊を封じ込めるのに鳥居は最適だと思ったたし、霊的なエネルギーというのは写真でもコピーされると聞いたことがある。もしやと思ったのだ。

「（ハル先輩）効くかどうか俺もわからねぇ。クソジジィに聞いてみるか。おい、クソジジィ聞こえるか？　俺だ」

　無線を飛ばすようにハル先輩は話しだした。

「（お兄さん）どうしたバカハル。何かあったか？」

「（ハル先輩）あぁ、友ちゃんがよ、鳥居の画像を携帯に持っていたんだよ。悪霊封じ込めるのにこれ使えねぇか？」

「（お兄さん）そうか。どんなやつだ？　画像をコピーして送ってくれ」

「（ハル先輩）あぁ、わかった。今送る」

そう言うと、ハル先輩は目を大きく見開いて私の携帯を見た。あとで聞いたのだが、どうやら霊体の目にはスキャンする機能がついており、特殊な通信技術を使って霊体の間で画像のやり取りができるらしい。もはや何でもありの世界だ。

「（ハル先輩）どうだ？　使えるか？」

「（お兄さん）さぁ、どうだろうか。わからねぇけど、一度試してみるか。その携帯を裏に伏せて真ん中に置いてくれ」

「（ハル先輩）これでいいのか？」

「（お兄さん）あぁ。あと、お友達が身につけていた石の腕輪あったろ？　それを携帯の横に置いてくれ」

私のパワーストーンのブレスレットがここでなぜ必要だったのかは、結局最後までわからなかったのだが、ともかく言われた通りにした。

「（ハル先輩）友ちゃんすげぇぞ！　みるみる霊が吸い込まれてく。まるで掃除機だな！」

「（お兄さん）おぉ、効果あったみたいだな。そのまま置いといてくれ。鳥居の画像はコピーして討伐チームにも使わせる。これで収まるといいが……。数が多すぎる。どっかで湧いて出てきているみたいだ。そっちにいるカズと五郎で原因を探させろ」

「（カズさん）お兄さん、了解です」

「（五郎さん）ワイに任して下さい」

そう言うと通信が切れたみたいだった。それからカズさんと五郎さんは原因を探すためこの部屋を離れた。何度も言うが、私には霊体の姿はまったく見えていない。ただ、さすがにここまでくると、彼らが霊体として存在していることを認めざるを得ない。そのあともハル先輩は私に絡んでくる。私の恐怖心を感じ取り、和ませようとしてくれたのか、はたまたまったく考えなしなのかはわからないが、霊体とどうでもいいたわいもない話をするのははじめてだ。

私は、ハル先輩の生きていた頃のことを何としても聞きたかったのだが、本当に覚えていないみたいで、残っている記憶はわずかだった。それよりも、翔ちゃんについてから知ったことや、翔ちゃんの子供の頃の話や、家族についてとか、以前勤めていた会社の上司から酷いパワハラを受けた時にハル先輩が大暴れした話など、本当にどうでもいい内容を聞いた。そのおかげか、恐怖心も和らぎ落ち着きを保てるようになっていた。

「（カズさん）ハル先輩。聞こえますか？　先輩？」

和んでいたところをいきなり特殊な無線で一報が入った。

「（ハル先輩）その声はカズか？　どうした？」

「（カズさん）原因見つかりました。祠（ほこら）です。祠が壊されていて霊界との封印が解かれています。ここから大量の霊が流れ込んでいるんです。何とかしないとまずいですよ」

「（ハル先輩）なんだと？　それはどこだ？」

「（カズさん）公園の隅です。例の、藁人形を打っていた女のいた公園です」

「（ハル先輩）そうか、わかった。今すぐクソジジィに知らせるから、お前達は指示があるまでなにもするなよ。おい、聞こえるかクソジジィ」

「（お兄さん）なんだ？　何かあったか？」

「（ハル先輩）カズと五郎が原因を突き止めた。どうやら祠が壊されているらしい。どうしたらいい？」

「（お兄さん）そうか。結界は張れるか？」

「（カズさん）時間はかかるかもしれませんが、大丈夫ですよお兄さん」

「（ハル先輩）カズ、お前聞こえていたのか？」

「（カズさん）はい。回線はつなぎっぱなしにしていましたから。お兄さん、そのまま何かあれば伝えてください」

「（お兄さん）祠の結界はおめぇらに任せる。頼んだぞ！」

「（カズさん）了解です」

どうやら祠があって、霊界へと繋がる何らかの封印が解かれているらしいことはわかったが、結界を張るとか、やっていることは中二病全開だ。時間がかかると聞いて、まだ帰れないのかと私は落胆した。すでに四時頃だった。無線でカズさんと五郎さんが結界を張る様子が随時報告される。

「(カズさん) 三つのうち一つ完成!」

心なしか、嫌な空気が引きはじめた気がした。

「(ハル先輩) 友ちゃん、霊体の数が減ってきたぞ。結界を張り出して、霊界からこっちへ来られなくなってきているんだ。もうしばらくの辛抱だ」

私は刻々と過ぎる時間に焦っていた。お兄さんが最初に言った、二時間でケリをつけるというリミットもすでに越えていた。

「(カズさん) 二つ目も張りました。残り一つです」

「(お兄さん) バカハル、聞こえるか? 祠を壊した奴がわかった。十二歳の子供が悪ふざけで壊していったんだ。居場所もわかったから、誰かそっちにいる奴で様子見に行ってこい。その子が危ねぇ」

「(ハル先輩) なに? ガキだと? そいつのせいでこんなことになったのかよ。ふざけやがって、俺がこらしめてきてやるよ」

「(お兄さん) よせ、相手は何も悪気があったわけじゃねぇんだ。知らねぇだけだ。悪くはねぇ。女衆に行かせろ」

「（ハル先輩）しょうがねぇ……わかったよ」

女三人組がその子供のもとへ向かったみたいだ。子供とはいえ、罰当たりなことをするものではない。本来はこういうことこそ躾けないといけないのだが、合理主義や科学の名のもとに、見えないものには何の価値もないという概念がはびこっているのが根底にあるのだろう。

原因を探しあてるお兄さんもまた凄い。あとで翔ちゃんに聞いたのだが、霊体は霊体だけが扱えるパソコンのような機器を持っているそうで、そこから、この世とあの世のすべての情報が詰まっているデータベースにアクセスし、情報を得ることができるのだという。アカシックレコードというものだろうか。

彼らのこの特殊なコンピュータの外観と特徴については、カズさんからさらにくわしく聞いたので、その内容を解説しよう。

これは、人間には見えない特殊な性質を持つ素材によってコーティングが施されている。この素材は現実に実在するらしいが、今の人間には発見すらされていないものだそうだ。この素材を入手し使用することができるのは、あの世の中でも限られた人のみで、彼ら霊体達に指示を与える上の方がその資格を持っている。そのコンピュータは上の方のお手製らしい。

また、念じることで目の前に出したり仕舞ったりすることが可能。外観は現代のパソコンよりもやや大きめで、モニターとキーボードがある。モニターにはタッチセンサーがついており、現代のタブレットのようにタップしたり、スワイプするような動作で操作を行う。キーボードのキーの数は我々のものより少なめで、ヘブライ文字だか神代文字だかわからないが、アルファベットではない文字が刻まれているそうだ。この霊界のコンピュータは霊体ならだれでも扱えるわけではなく、機械音痴のハル先輩や五郎さんはうまく使いこなせないみたいだ。

女性三人の霊体が抜けたあと、無線で一報が入る。

「(カズさん)最後の三つめも塞がりました。もう大丈夫です」

「(ハル先輩)そうか。お疲れだったな。すぐこっち戻ってこい。今、女三人組がいないから、こっちの警備にあたってくれ」

「(カズさん)了解です先輩。すぐ戻ります」

どうやら無事にすべての結界を張り終わったらしい。私にはくわしくはわからないが、重たく嫌な空気が、じわりじわりと正常な状態になってきていると感じ取れた。

「(カズさん) ただいま、友ちゃん。もうひと踏ん張りですね。あとはお兄さん達討伐チームに任せましょう」

「(ハル先輩) おぉ。それよりよ、友ちゃん、腹減らねぇか? カズ、お前、なんかつくれよ」

いやいや、こんな状況で飯なんか食えない。体よく断ったが、せっかくだからとカズ先輩が台所に立ち料理をしはじめる。確かに時間もたっていたのでお腹は空いていたが、悪霊に囲まれた部屋の中、結界から出るなと指示されているのに霊体と食事を取る状況を想像してもらいたい。とても喉を通らないことがわかっていただけると思います。

この頃、時計は明け方五時を過ぎていた。

食事を軽く済ませると、お兄さんが翔ちゃんの体に帰ってきた。

「(お兄さん) みんな無事だったか?」

「(ハル先輩) あぁ、平気だ」

「(お兄さん) そうか。こっちも大分片づいた。あと少しじゃ。六時には全部片づくだろう。契約者のお友達にも迷惑かけたな。本当に申し訳ない」

相変わらずお兄さん、怖いです。

「いえいえ、こちらこそ大変な事態の時に何の力にもなれず、ただ守ってもらうしかなくて、ありがとうございました」

お兄さんはヤクザの頭なので、謙虚にしておかないと何言ってくるかわからないし……と言うよりも、怖い。

「(お兄さん) おめぇさんの持っていた鳥居のおかげで無事に済んだ。礼を言うのはこっちじゃ。ありがとう。おおっ、女どももちょうど帰ってきたな。ガキの方はどうだった?」

「(女性の霊の一人) えぇ、大丈夫でした」

女三人組も帰ってきたみたいで、私ももう少しで帰れるとわかり心に余裕ができた。

その時、玄関から『ピシャッ』っとラップ音が鳴る。

「（お兄さん）油断するんじゃねぇ！　しっかり見張っていろ！」

私にとってはお兄さんの怒りの方がラップ現象よりも恐ろしい。ただし、お兄さんは頼れるヤクザの頭という解釈でいいだろう。

まわりの空気が正常に戻る頃には、外はうっすら明るくなっていた。時間は朝方六時になろうとしていた。

「（お兄さん）夜が明けて悪霊も動きが鈍くなっているな。あと少しじゃ」

しばらく待っていると、ついに長かった除霊が完了する。

「（お兄さん）よし、全部片づいた。お友達さん、世話をかけたな。もう帰れるぞ。ワシももう力を使い果たした。あとのことはガキ達に任せる。まだ霊力が残っている奴はいるか？」

「（五郎さん）ワイはまだ大丈夫やで」

「（なおと君）僕もまだ少し残っているよ」

「（お兄さん）五郎となおとか。すまねぇが、お友達が無事に帰宅できるよう、家までつき添って差し上げろ」

「(五郎さん) 了解や」

「(なおと君) 任せてお兄さん」

「(お兄さん) そういうこと……だ。……あとは……頼んだ……」

そう言い残し、お兄さんはすうっと翔ちゃんの体から抜けていった。私もこれで帰れるとほっとしていた。ただ、困ったことに、霊が家までつき添うだとか、正直いい迷惑だが、この場はもはや何でもありの状況。受け入れて一緒に帰るしかない。

車の安全を確認するということで、駐車場まで翔ちゃんが送ってくれた。まぁ、実際にはハル先輩なのだが、見送ってくれるのはありがたい。

「(ハル先輩) 今日は来てくれてありがとな。気をつけて帰れよ! 五郎となおとも友ちゃんを無事に送り届けるんだぞ!」

「(五郎さん) ああ。任せとき」

「(なおと君) うん。でも、友ちゃんの家に着いたら僕達はどうやって帰るの?」

「(ハル先輩) お前ら霊体だろうが! 空飛んで帰ってこいよ」

「(なおと君) えぇ!? だって、友ちゃんの家に着いた頃には霊力残ってないかも。

バカハルが迎えにこいよ」

「（ハル先輩）甘えんじゃねぇ、くそガキが！」

といった具合で、喧嘩がはじまりそうだったので、言葉を遮って別れの挨拶をし、車を走らせた。

あたりはすっかり朝で、昨夜の出来事がなにもなかったかのような晴れ渡った天気。今回の出来事をどう受け止めたらいいのか考えながら車を走らせる。後部座席に霊体を二人乗せて走った人間は、あとにも先にも私ぐらいだろうか。自宅に到着し、車から降りた時、私は誰も乗っていない車の後部座席に向かって声をかけた。

「送ってくれてありがとう。お疲れさまです。おやすみなさい」

こうして、私の長い不思議な一日が終わった。

エピソードⅢ

ついにとりつかれた（シフト制）

翌日、朝の七時に帰ってきた私は昼頃に目が覚めた。その日は自宅での仕事しかなかったおかげでのんびりしていた。適当に仕事を済ませるが、やはり昨日の出来事について考えてしまう。特に、知人や友人にこの奇妙な体験をどう話そうか考えていた。こんなゴーストバスター的な事件に巻き込まれる楽しげなエピソードを黙っているなんて勿体ないし、なによりスピリチュアルな感覚を持った知り合いなら内容を理解してもらえると思ったからだ。

ただ、その当時は、伝えたとしても知り合いに話す程度で、まさか本の出版という形で全国の関心ある方に伝えることになるなんて思ってもいなかった。

夜になり、部屋で一人ネットをしながらくつろいでいると、携帯電話に着信が入る。翔ちゃんからだ。私は翔ちゃんだと思って何気なく電話に出た。

「(ハル先輩) もしもし、友ちゃん? 昨日はお疲れ! 俺だ。ハルだ。無事に家まで帰れたか?」

　私は理解するまで数秒固まった。携帯電話は翔ちゃんの持ちものだが、肉体に入って喋るのは翔ちゃんとは限らない。私は昨日すでに霊体が出てきてもいいと許可したので、それは電話であろうと有効なのだ。霊から電話がかかってくる現状だけ見れば、ホラー映画さながらの恐怖体験だろう。

「無事に帰りましたよ。昨日はありがとうございました」

「(ハル先輩) それはよかった。俺達はあのあとも上に呼ばれて大変だったんだよ。友ちゃんにも伝えないといけないことができてしまってよ」

　上に呼ばれたというのは、あの世の世界にいる神的な者に呼ばれたという意味だろうか? 伝えないといけないこととは神様からのメッセージだとでも言うのか? 食い入るように話を聞いた。

「(ハル先輩) 友ちゃん、聞いてくれ。昨日の一件があったことで、友ちゃんは俺達と深く関わりを持ってしまった。波長が合ってしまったってわけだ」

「はい。それで?」

「（ハル先輩）俺達は霊体だ。その俺達と波長が合う体になったってことは、友ちゃんに何が起こると思う？」

「えぇ？　何が起こるんですか？」

「（ハル先輩）俺達だけじゃなく、他の霊体とも波長が合いやすくなってしまったってことだよ」

ハル先輩の言わんとする意味が理解できると恐怖感が募った。要は、ハル先輩達だけじゃなく、他の霊体、すなわち幽霊と波長が合いやすいわけだから、悪霊にとりつかれたり、姿が見えたり、感じやすくなったってことになる。

冗談じゃない。私はそんな恐怖体験なんて望んでいない。霊なんて見えないままの方がいいに決まっている。私は声を荒げて返答する。

「ちょっ、ちょっと待って。無理ですって。嫌ですよ。勘弁して下さいよ！」

「（ハル先輩）合いやすくなっちまったもんはしょうがない。諦めるんだな。まぁ、話はそれがメインじゃない。本題は、上からの指示でもあるんだが、霊的に害をなすすべての者から友ちゃんを守れって言われたんだ。そこでだ、俺らと契約しないか？

友ちゃんの同意がないと、守ってやれない決まりになっているんだ」

「契約？　どんな内容なんですか？」

「（ハル先輩）今言ったことだよ。霊的な悪いものから守るって契約だ。この契約は友ちゃんが結婚して子供ができて、友ちゃんが幸せになったと上が判断すると満了する。その間ずっと俺達が友ちゃんを守るんだ。どうだ？　結ばないか？」

なるほど。話を聞く限り悪い感じではなさそうだ。ただ、メリットもあればデメリットもあるはず。私は注意深く返事をした。

「何か見返りを要求されませんか？」

「（ハル先輩）見返りなんて要らねぇよ。いいか、霊体がお金もらったところで、使えないどころか、触ることさえできねぇ。何かもらっても意味がないだろ。俺達には友ちゃんを守るって仕事の楽しみが一つ増えるんだぜ。それだけで十分じゃねぇか」

どうやら、本当に見返りを求めてはいないようだ。私はそれこそ見返りに、残りの人生の半分の寿命をいただく！　とか言われるのではないかと内心思っていたが、それもなさそうだ。

私から見れば、そもそも昨日の一件で関わったが故に発生した契約の話。もはやすでに乗りかかった船なわけで、今さら契約しないと断る理由がない。それに、悪霊とかそういうものから守るってことは、守護霊のような働きをしてくれるということであり、むしろこっちから進んでお願いしたいところだ。

「わかりました。こちらこそよろしくお願いします」

「(ハル先輩)その言葉、待ってたぜ！　みんなも聞いたかよ？　これで契約成立だ」

「(カズさん)聞こえていましたよ。友ちゃん、こちらこそよろしくね」

「(五郎さん)友はん、よろしゅうや」

「(なおと君)友兄ちゃんと契約だ！　わぁい！　僕、嬉しいな」

「(ハル先輩)この契約は俺様と友ちゃんだけの契約じゃない。翔についている霊体皆の契約だ。おぅ！　これから楽しくなってきそうじゃねぇか。わくわくするな！　そうと決まれば、すぐにはじめないとな。今から俺様とカズが友ちゃんのいる部屋に行くからよ」

「えっ、家に来る？　翔ちゃんが？」

「(ハル先輩)違うよ。俺達霊体だけが友ちゃんのもとに行くんだ。そうだなぁ、当分は俺様とカズが行くけど、シフト制にして、六人で代わりながら友ちゃんを守る。いいか?」

つまり、霊体として私のまわりに常にいるってことになる。いい意味にすると守護霊というわけだ。霊的に強力な味方ができたぐらいに思っていたが、次第にある不安が募った。そしてその不安が的中する。

「あの、ハル先輩。常に俺のまわりにいるんですよね?」

「(ハル先輩)あぁ、そうさ。見守るのが仕事だからな」

「どんな時でも?」

「(ハル先輩)あぁ、どこだってついていくぜ。友ちゃんの部屋でも、職場でも、運転中でもどこでもだ」

私はこれを聞いて顔を赤らめていただろう。なぜなら、この霊体達によって完全にプライバシーが侵されるからだ。今まで一人の空間だと思っていたところに霊体がやってきて、見守るだけならまだしも、この通話のように翔ちゃんを介して会話ができる相手が日夜側に居続け、一人部屋にいる時はもちろん、トイレやお風呂にまでついてくる。エッチな動画を見ている時も霊体に見られているなんて、もはや刑務所に入れられた囚人並みに厳しいレベルだ。

「ちょっと待って下さい。お風呂とかプライベートな空間にもついてくるんですか?」

「(ハル先輩)はっはっは! もちろんだ。友ちゃんと常に一緒にいる。友ちゃんが今何しているとかすべてお見通しだ。はっはっは」

「嫌です! 勘弁して下さい。プライバシーの侵害ですよ! 一人でいたい時はどうするんですか?」

「(ハル先輩)まぁ、姿は見えねぇから、一人でいるのと一緒だろう。そんなに気にすんなよ。こればっかりはしょうがねぇ」

私は全力で拒んだ。

「無理無理無理無理! 嫌ですって! 勘弁して下さいよ。せめてプライベートな時間を一日に一度設けるとか、プライベートなものを見たり聞いたりしても一切口外しないように配慮してもらえませんか?」

「（ハル先輩）はっはっは！　友ちゃんのあんなことやこんなことを見ても黙ってろなんて、面白過ぎてできるわけねぇだろが！　これは俺達霊体の特典みたいなもんだぜ？　無理な相談だな」

最悪だ。霊にプライバシーを侵されるなんて。考えもしなかったが、一番厄介な問題だ。なんとか回避しようと、懸命にお願いした。

「（ハル先輩）まぁ、友ちゃんがそんなにお願いするなら、何を見ても黙っていてやるけど、それをしてほしいならそれ相応のだな……わかるだろ？」

「お願いです。何でもしますから！」

「（ハル先輩）そうこなきゃな！　そうだなぁ。俺様は酒が飲みたい。日本酒。いや、焼酎がいいな。あと、タバコもほしい。おい、カズ、来いよ。なんか友ちゃんが欲しいものくれるらしいぜ！　お前も何か頼めよ。はっはっは」

私はまんまとハル先輩にはめられてしまった。なんて奴だ。見返りを求めないとか言っておきながら、ちゃっかり欲しいものを要求してくる。しかも上手に弱みにつけ込んでいる。やっていることはヤクザの手口そのものじゃないか。最悪だ。

守護霊のような存在と思っていたが、それは好意的に見た場合であり、実際にはヤクザのチンピラ悪霊にとりつかれたのだと、認識が変わっていった。

「(カズさん) え？　友ちゃんがどうしてほしいものをくれるって話になったんですか？」

「(ハル先輩) それがよ。俺達、これから友ちゃんを見守らなきゃならないだろ？　だが、友ちゃんが言うには見られたくないプライバシーがあるらしくてよ、それを黙っていてもらいたい、そのためなら何だってするって言っているんだ」

「(カズさん) なるほど。そういうことなら僕はやっぱり、きれいな女性を紹介してほしいかな、友ちゃん」

　話がどんどんエスカレートしていく。そもそも、霊体にどうやってお酒とタバコを差し入れるのかわからない。翔ちゃんに渡せばいいのか。それともお供えもののように供物として供えればいいのか。カズさんの要望に至っては、人間の女性を紹介するのか、女性の霊を紹介すればいいのか、どっちかもわからない。

「でっ、できるだけ検討してみます」

「(五郎さん)ワイも頼んでええんか？」

「(ハル先輩)おぉ、頼め頼め。今なら友ちゃんが何でも願いをかなえてくれるぜ。はっはっは」

「(五郎さん)そうやな。滝行ができるちょうどええ滝がほしい。ほんで、あとは沢庵と梅干とお椀一杯のご飯やな。それさえあれば他になんもいらん。ええか」

「(なおと君)僕もお願いする。うんと、僕はクレヨンと画用紙がほしい！」

次から次へと勝手なことばかり言いだす。滝がほしいとか無茶苦茶な要求過ぎるし、用意できるものであっても、供えものとして出すとしたら、全部含めるとコストもかかる。

「あの、できれば、代表として一つだけにしてもらえますか？　あと、それはお供えのような感じで用意すればいいですか？」

「(ハル先輩)一つだと？　全部用意しろよ！　なんだったら、見たもの全部喋ったっていいんだぜ！　はっはっは！」

なんてタチが悪いんだ。どうしたものかと困っていたところに、すかさずカズさんのフォローが入る。

「（カズさん）友ちゃん、先輩はああ言っていますが、僕達霊体にものをあげても意味ないですからね。どうしてもって言うのなら、お酒なんてどうですか？　お供えものとして用意してもらって、時間が経ってから友ちゃんが飲めば無駄にならないし、それ一つで僕ら霊体の願いを叶えたことにしましょうよ。ね、先輩」

「（ハル先輩）ったく、しょうがねぇな。今回はそれで許してやるか」

カズさんのおかげで、落としどころができた。

私はこの日から数日間、毎日焼酎の水割りをつくっておいて、夜中になってから自分で飲んだ。それも、毎日のように翔ちゃんから電話がかかってきて、出てみると相手はハル先輩で、酒はまだかと催促してくるのだ。霊から『今日の供えものはまだか？』と電話がかかってくる人間なんて私ぐらいなものだ。

ちなみに酒は、ハル先輩が催促してこなくなってからもしばらくお供えしていたが、次第に面倒になってやめた。

「（ハル先輩）それじゃ、今からそっち行くから、ちょっと待ってろよ。カズも行くぞ！」

　そう言うと彼らは翔ちゃんの体から抜けて、私の家に向かったようだ。それからようやく翔ちゃんが電話に対応する。翔ちゃんは私に『迷惑かけてごめん』と謝ってきたが、すでに遅い。関わった以上あと戻りできないわけで、今さら謝られても困る。

　私は、彼ら霊体がどれぐらいで家にやってくるのか翔ちゃんにたずねた。

「（翔ちゃん）おそらく、二十分もすればそっちの家に着くよ。本気でスピード出せば五分もかからないだろうけどね。」

　翔ちゃんの家から私の家までは、高速道路を使っても三十分はかかる。距離にすると三十キロほど離れているが、さすが霊体と言うべきか、霊の世界に道路事情は関係ない。宙に浮いて移動して、人には見えないし、壁もすり抜ける。どんなにスピードを出しても道路交通法は適用されない。

　霊体の移動に関してはあとでハル先輩に詳しく聞いたが、霊体が移動する際は、ネット回線や携帯の電波、テレビやラジオの電波など、そういう周波数を利用するそうだ。速度も自在で、スピードを上げるほどに霊力を消費するので疲れるという。仕組みはよくわからないが、とにかく霊体はもの凄く早い移動が可能なのだ。

その後、私はこの電話が長時間の通話になるのを予想して、ハル先輩達が家に来る前にお風呂に入ると告げ、いったん電話を切った。穏やかな、プライバシーが侵害されない最後のひと時を味わうためにお風呂に入りたかったのだが、なにぶん、いつハル先輩達が来るのか心配でそれどころではなかった。

お風呂では、ハル先輩達が来た感覚は感じられなかったが、お風呂から上がり、自分の部屋に戻った時、すぐにそれはわかった。

「ハル先輩。今ここにいるんですよね？」

私は、私しかいない部屋で独り言を言った。波長が合ってしまったと宣言された通り、確かにハル先輩がすぐ近くにいる気配を感じる。お風呂に入る前とあとで、部屋の空気が少し違うのだ。部屋をキョロキョロと見渡したものの、姿はやはり見えない。

ただ、このタイミングで翔ちゃんから電話がかかってくる。

「（ハル先輩）お風呂上がったみたいだな。もう俺達、友ちゃんの部屋にいるぜ！しっかし、友ちゃんには俺の姿がまるで見えてねぇんだな。今、友ちゃんの目の前で変顔しているけど、全然気づかねぇんだもん。つまんねぇよ」

「（カズさん）先輩、しょうがないですよ。波長が合ったとはいえ、見えるほど波長は合っていません。それに、契約したといっても、翔と違って肉体に入ることも許されていませんからね。ただ、友ちゃんのまわりで警護にあたるだけですから。下手に上に怒られるようなことしでかさないでくださいよ」

「（ハル先輩）フン！　俺様はそんなことしねぇよ。ただ、友ちゃんと遊びてぇだけだよ。それより友ちゃん、俺様の酒の用意はまだか？」

「（カズさん）どうだか。前に、二回罰をくらっているじゃないですか。頼みますよ。契約者が二人に増えたことで仕事はたくさんあるんです。気をつけてくださいよ。それに、友ちゃんもあんまり先輩を調子に乗せない方がいいですよ」

「（ハル先輩）大丈夫だって。それに、俺様と友ちゃんは友達だし、友ちゃんは俺様の味方だもんな？」

とにかく、波長は合ったとはいえ、肉体に入ることもなければ見ることもできないので、そこは一つ安心だ。このあとも重要そうでいてどうでもいい会話がハル先輩とカズさんとの間で繰り広げられていたが、その会話を聞き流しつつ、ハル先輩用に焼酎を用意した。

そして、ハル先輩が二回罰を受けた件についてのことが気になってくわしく聞いたので、これも説明しよう。要するに、あの世で定められた禁止事項、及びルール違反があると、ハル先輩達は罰を受けることがあるそうだ。その中でもっとも重い罪を犯すと魂そのものが消滅させられる。もっとも重い罪の例としては、人間に、本人の寿命を知らせる行為が重罪にあたるそうだ。それ以外の軽い罪だと、現代社会で言う禁固刑に該当するらしく、罪の重さによって何日～何年と罰を受ける。

ハル先輩は過去に二回、一か月間の禁固刑をくらったそうで、その期間中、翔ちゃんのまわりが手薄になり、翔ちゃん自身が危険な状態になっていたそうだ。ハル先輩がしでかしたことをまわりの霊体達が尻拭いしている様子が目に浮かんでくる。

「(ハル先輩)ところでよ、友ちゃん。友ちゃんに折り入って相談というか、お願いがあるんだけど、いいか？」

ハル先輩が話を切り替えて、急に言いづらそうな雰囲気で話しだす。

「（ハル先輩）翔のことなんだけどよ。友ちゃんも知っての通り、翔はバツイチ。でもって、今は彼女がいねえ。そこでよ、友ちゃんに頼みなんだけど、なんとか女の子を紹介してあげてくれねぇか？」

私は、そう来たかと思い、面倒臭そうに返した。

「紹介したいのはやまやまですけど、翔ちゃんに紹介できるいい子なんていないですよ。それに、私だって紹介してほしい側なんですよ」

「（ハル先輩）いや、そこを何とかさ。友ちゃんならきっとできるって！　それで、うまくいって結婚でもしてガキでもつくってくれれば、俺達霊体にとっても契約満了で万々歳よ。紹介してくれれば、俺達も、友ちゃんの方に協力するからよ。頼むよ」

この言葉を聞いて、私はすぐに翔ちゃんに誰かを紹介しなくても、彼ら霊体は私の恋人探しに協力すると気づいた。つまり、彼ら霊体にとって契約満了は望んでいることであり、そのために協力するわけだからだ。少し考え込んでいたが、一人ピッタリの候補が浮かんできた。

「ハル先輩。一人だけ紹介できるかもしれません。めぐみちゃんって子なんですけど、いい子だと思います」

そう、昨日の誕生日に体調が悪いと言ってドタキャンした子だ。めぐみちゃんが翔ちゃんにピッタリだと思えた理由は主に二つ。一つは、彼女が霊を見える体質だから、きっと翔ちゃんのこの現象を理解しやすいだろうということと、もう一つはめぐみちゃんもバツイチで、お子さんもいるシングルマザーだから、お互いにバツイチ同士なら話がしやすいだろうと思ったからだ。

私はハル先輩に、めぐみちゃんの年齢や、シングルマザーであること、霊的なものが見える体質ということを説明した。

「(ハル先輩)おぉ、翔にはお似合いかもな！　ぜひ、そのめぐみちゃんを紹介してやってくれ」

「まぁ、相手の気持ちもあるので、一度めぐみちゃんに聞いて、ＯＫが出たら紹介します。それでいいですか?」

「(ハル先輩)そうだな！　さっそく聞いてくれ。面白くなってきたなぁ、友ちゃん！頼んだぞ」

霊体であるハル先輩は楽しそうだった。自分とは関係ない色恋に興味があるのは、人間だろうが霊体だろうが一緒のようだ。私はそのあと、彼女と連絡を取るため、翔ちゃんとの電話を終わらせた。

彼女にメールを送ろうと文章を作成中、私の部屋では『カシャ』とラップ現象が鳴る。

「ハル先輩。うるさいですよ！　静かにしてください」

もはや私はすっかり慣れてしまった。ラップ現象に驚くこともなく、独り言を言うほどになっていた。メールを送信し、しばらくするとめぐみちゃんからメールの返信がくる。内容は、紹介してもらうのはいいが、今体調が悪いので回復してからにしてほしいとのこと。

まぁ、体調が悪いのは仕方がない。よくなるまではそっとしておいた方がいいと私も判断し、彼女には励ましのメールを返信、翔ちゃんには特に報告せずにその日は眠った。

翌日、目が覚めると、めぐみちゃんからメールがきていた。

「友くん、どうしよう。私、あの神社に行ってから様子が変なの。何かしちゃったかな？　日に日に体調が悪くなって凄く辛い。抗鬱剤も使っているし、寝込んでも悪夢見たりして怖いよ、どうしよう」

という内容なのだが、私には事の重大さが理解できなかった。

とりあえず、彼女の気持ちを和らげようと励ましのメールを返信した。そもそも、私はそれ以上何もできないわけで、ただ彼女の回復を祈るしかなかった。

その後、夜になると彼女からまたメールが入る。今度は画像つきだ。添付されて来たのは、例の神社で撮った滝の画像だった。本文は次のような内容だった。

「滝の中から魔物がこっちを睨(にら)んでいるんだけど、友ちゃんにはわかる？　ねぇ、これどうしたらいいの？」

私には添付された滝の画像に彼女の言う魔物らしきものは確認できなかったが、その画像からは嫌な感じが漂っていた。何とも表現が難しいが、できればこの画像は見たくない。そう感じるような画像だった。思い返してみれば、私自身もあの時、心霊写真っぽいものを撮ってしまっている。その画像を添付して、彼女に返信した。

私は心霊写真を、偶然撮れたものとして深く考えてこなかったが、ここにきてぐっと不安が高まった。彼女からはすぐ返信がきた。

「それ！　私と同じものが写ってる。どうしよう、怖いよ。ねぇ、この写っているものに私、祟（たた）られたのかな？　どうしたらいい？」

その返信を見て、私はようやく事態の異常さを理解しつつあった。彼女は、その画像に写ったおぞましい何かに祟られている状態なのではないのか。そのせいで体調が悪いのではないのか。そう思い、私は彼女を怖がらせないよう気をつかいながら、なんとか翌々日に会う約束を取りつけた。まぁ、実際に祟られていたとしても私と会って何が解決できるわけではないかもしれないが、そもそも神社へ誘ったのは私だ。何もしないわけにはいかなかった。そして、すぐさま翔ちゃんに電話をかけた。

「こんばんは、翔ちゃん。今電話大丈夫？　今は誰が電話に対応している？」

「（翔ちゃん）どうしたの？　あわててさ。僕だよ、翔だよ。電話は大丈夫だけど、友ちゃん何かあった？」

「昨日言っていた、翔ちゃんに紹介したいめぐみちゃんの件なんだけど、ちょっと問題が発生してさ」

「（翔ちゃん）何？　紹介がダメになった？」

「いや、そうじゃないけど、彼女が今、霊的な悪いものに祟られているかもしれない状態なんだ。君ら霊体の力がいるかもしれない。ハル先輩と話せる？」

「（翔ちゃん）ハル先輩なら、今は友ちゃんの近くにいて、この会話聞こえていると思うから……呼んでみようか？　先輩？　友ちゃんと話しています。近くにいますか？」

「（ハル先輩）おう！　聞こえてるぜ！　俺様になんか用か？」

気がつけば、もうすっかりこのやり取りにも慣れていた。

「昨日言っていためぐみちゃんのことなんですけど、霊的な悪いものに祟られている状態かもしれないんです。先輩ならどういう状態かわかりますよね？　見てもらえませんか？」

「（ハル先輩）めぐみちゃんが祟られているだと？　何があった？　くわしく聞かせてくれ」

私は、神社に行ってからの彼女の体調がすぐれないことと、滝で撮った写真に何かが写っていることを説明した。そして、ハル先輩に画像を見せた。と言っても、そもそも霊体のハル先輩に写真を見てもらうには苦労する。どこにいるのかわからないため、画像を見てもらうために、携帯電話を部屋のいろんな角度に向けて、いちいち電話越しのハル先輩に見えたがどうか聞かなくてはならない。はたから見たらおかしな光景だが、私は必死になっていた。

「(ハル先輩) 友ちゃん、こいつはまずいぞ。祟られているってレベルじゃねぇ。完全にとりつかれている。神社に行ってからどれぐらい経った?」

「二週間ほど経っています。そんなにやばいんですか?」

「(ハル先輩) 二週間も経っているだと? よく今まで無事だったな。とっくに死んでいてもおかしくないレベルじゃねぇか。このままほっときゃめぐみちゃん死ぬぞ。早く手を打たないとまずい。友ちゃん、友ちゃんはめぐみちゃんを助けたいか?」

このままではめぐみちゃんの命が危ない? ひどく大げさのような気もしたが、たしかに彼女は悪夢にうなされているし、きっと私にはわからない苦痛を感じているはずだ。それに、私はとりついた悪霊を除霊するようなレベルの高い力は持っていない。

めぐみちゃんに関して、頼れるのはもはやハル先輩達だけなのは一目瞭然だった。

「お願いします。助けたいです。力を貸して下さい」

「(ハル先輩) そうこなきゃな！　第二の契約者の頼みだ。俺達も動くぜ！　いやぁ、さっそく面白くなってきたじゃねぇか。よし、それじゃ、まずは作戦名を考えようぜ！」

ハル先輩が楽しんでいるのが気に食わないが、他にめぐみちゃんを助ける方法がない。彼ら霊体にすがるしかなかった。

「(カズさん) 先輩、遊びじゃないんですよ。作戦名なんていらないですよ。具体的に何するか考えましょうよ」

「(ハル先輩) 馬鹿野郎、こういうのは作戦名が決まればおのずと行動が決まってくるんだよ。いいか、カズ。俺達はめぐみちゃんを救わないといけない。それはいいんだが、やらないといけないことはそれだけか？」

「(カズさん) わかりません。他に何があるんですか？」

「(ハル先輩) いいか。そもそも翔にめぐみちゃんを紹介してもらう予定だっただろ？　ここで翔が除霊を成功させれば、めぐみちゃんにとって翔の評価は右肩上がり。

うまくいけば一気につきあえちゃうってわけさ」

「(カズさん)なるほど……。要は、除霊と恋のキューピッドを同時にやっちゃおうと、そういうことですね。了解しました」

何というか、この、悪霊退治にかまけてゲスい下心を出してくるとは——。

予想外だったが、まぁ、二人が上手くいくならそれはそれで私としても嬉しいし、何よりこのままめぐみちゃんを放ってはおけない。なんとか早い解決を、とその時は思っていた。

「(ハル先輩)つまりだ、これはただの除霊なんかじゃない。翔とめぐみちゃんをカップルにさせるための作戦だ。となると作戦名は……めぐみちゃん救出&翔とめぐみちゃんラブラブ作戦だな!」

そのまんまじゃねぇかと私はツッコミを入れた。

「(ハル先輩)まぁいいじゃねぇか。さっそく準備に取り掛かるぞ! 友ちゃん、めぐみちゃんの家の住所わかるか?」

「I市ってことは知っていますが、それ以上は知りません。彼女に聞きましょうか?」

「（ハル先輩）大丈夫だ。それだけわかっていれば探せる。ちょっくら彼女の様子を見てくるからよ、ちょっと待ってろよ」

そう言い残し、霊体のハル先輩はめぐみちゃんを探しに出た。当然、探している最中もハル先輩は翔ちゃんを通じて会話ができる。

「（カズさん）友ちゃん、先輩の作戦名のセンスのなさは、今にはじまったことじゃありませんからね。ほんと、ただのバカですから」

「（ハル先輩）うるせぇな。バカとか言うんじゃねぇよ」

「（カズさん）バカにバカって言って何が悪いんですか。七×八は？」

「（ハル先輩）六十四だろ？　その手には引っかからねぇぞ。それより、ちょうどI市あたりまできた。めぐみちゃんの気配を探るからちょっと黙ってろ」

ハル先輩の計算能力の低さにクスクスと笑いをこらえ、霊体の移動速度に驚かされつつ、集中できるよう黙って様子を見守った。

「（ハル先輩）よし、見つけた！　この子がめぐみちゃんか。めんこい姉ちゃんじゃねぇか。で、こいつが例の悪霊だな。気持ち悪い奴がくっついてやがるぜ。こいつは厄介だ」

「(カズさん) 先輩、彼女の様子は？　とりついた悪霊、なんとかなりそうですか？」

「(ハル先輩) そうだな。友ちゃん、めぐみちゃんと次会うのはいつだ？」

「明後日に会う約束してます」

「(ハル先輩) そうか。その時翔にも会わせてくれ。除霊はその時だな。あとはそれまでに何とかしないとな。友ちゃんの明日の予定は？」

「明日なら自宅の仕事ぐらいですが、どうしました？」

「(ハル先輩) 翔を連れて、写真を撮った例の神社に行ってきてほしい。どうだ？」

「(翔ちゃん) ちょっと待って、僕は明日仕事入っているよ」

「(ハル先輩) そんなもの何とかしろよ。明日の予定は変更だ。二人で神社へ行けるよう予定組んでくれ」

私の方はまだ調整が効くのでいくらでもよかったが、完全に主導権を先輩に握られている翔ちゃんは気の毒だ。

「(ハル先輩) あとは、とりついている悪霊が明後日まで何もしでかさないように見張っておく必要があるが、それを誰にしたらいいか……」

「(?) ハル、私達が行きます」

翔ちゃんから今までまだ聞いたこともない女性らしい声が聞こえてくる。

「(ハル先輩) 何だ、エリか。うるせぇな、女は黙ってろよ。出てくるんじゃねぇ」

「(エリさん) ハル、めぐみちゃんは女性です。同じ女性の私達が側にいた方がいいでしょ?」

「(ハル先輩) ったく、しょうがねぇな。好きにしろよ」

この時の話でわかったことだが、女三人衆の中の一人に、エリさんという方がいる。

このエリさんは何とハル先輩の恋人だそうで、ハル先輩はエリさんの尻にしかれているようだ。そのあとはくだらない無駄話が多かったので割愛するが、明日の予定を何とか翔ちゃんと調整し、予定を確保した。

エピソードⅣ

彼女を救え！ ラブラブ作戦

翌日、翔ちゃんと神社へ行くことになった私は、翔ちゃんの仕事が終わるのを待ち、彼の職場まで車を走らせ、彼と合流した。

「(翔ちゃん)お待たせ。それじゃ神社へ行こうか」

この頃になると、私は声と表情で誰が誰だか判断がつくようになっていた。

翔ちゃんの職場から神社まで約一時間。その間、ハル先輩とカズさんは二日ぶりに翔ちゃんの体に戻れたことを楽しんでいるのか、相変わらず賑やかなコントが繰り広げられていた。大体はくだらない内容だったが、例の悪霊が写った画像をもう一度見せてくれとハル先輩が言うので見せた。

どうやら、霊体の状態で見るのと翔ちゃんの眼を借りて直接見る方法とでは、見え方が違うらしく、翔ちゃんが直接見た方が、はっきりとわかるそうだ。

神社に向かう道中で一か所、道路沿いに墓地があるのだが、その墓地が視界に入るとハル先輩が口を走らせた。

「(ハル先輩) いいか、友ちゃん。あの墓地を横切る時、手を合わせろ。いいな」

私は急な言葉に驚いたが、わかったと頷き、横切るタイミングで指示通り手を合わせた。

「(ハル先輩) どうやら、さっきの墓地の方から神社の滝に霊が流れているみたいだな。友ちゃん、今後ここを通るたび、手を合わせた方がいい」

私には、原理や仕組みはよくわからないが、横切るたびに手を合わせる程度であれば別に困ることではない。素直に言う通りにしよう。その墓地を横切り、五分ほど走らせたところで例の神社にたどり着いた。

「(ハル先輩) やっと着いたな、友ちゃん。友ちゃんはこの神社よく来るのか?」

「はい。月に一度は訪れていますよ」

そんな話をしながら境内に足を踏み入れる。まず手水舎で手と口を洗った。このあたりは一般常識だと思うので、何も説明するほどでもないのだが、翔ちゃんはというと、右手からなのか左手からなのかわからず戸惑っていた。なんと翔ちゃんは神社に来るのは数年ぶりだと言う。霊体をたくさん抱えているわりには信仰心が薄く、初詣すら近年行っていなかったそうだ。そんな翔ちゃんを尻目に先に進むと、次は鳥居をくぐって二歩進んだところで歩みが止まった。

「(翔ちゃん) 痛い、痛い！ 先輩、何するんですか？」

「(ハル先輩) 馬鹿もの！ 鳥居をくぐるときは一礼しろ！ 友ちゃんはやってるのにお前だけ素通りするんじゃない！」

「(翔ちゃん) すみません、先輩」

この光景はあまりにもおかしかったので鮮明に覚えている。

「(ハル先輩) 友ちゃん、しっかしよぉ、ここにはでっけぇのがいるなぁ。こんなデカイのはじめて見たぞ！ 先に参拝しようぜ」

どうやら、ハル先輩もめぐみちゃんと同様に、猿田彦様の姿が見えているらしい。というより、霊体のハル先輩からしてみれば、見えているのが当然なのかもしれない。

「(ハル先輩) よっ！ 猿ちゃん！ 俺様が会いに来たぜ！」

私はこの瞬間、ハル先輩が猿田彦様のことを猿ちゃん呼ばわりできるような霊体だったことに衝撃を受けた。だが、次のカズさんの言葉でそれが幻滅へと変わっていった。

「(カズさん) 先輩、その言い方はまずいです。怒られますよ」

「(ハル先輩) 大丈夫だって。俺様と猿ちゃんはマブダチだぜ! なっ! 猿ちゃん!」

「(カズさん)『なっ!』じゃないですよ先輩! 本当に、あとで怒られても知りませんよ。猿田彦様と先輩とでは、霊格が天と地ほど離れているんですからね! 友ちゃんも一緒に頭下げてください。猿田彦様、本当に申し訳ございません。うちのバカが、口の利き方が悪くて、どうかご無礼をお許しくださいませ」

「(ハル先輩) そんなしなくたって平気だって、俺達マブダチだからよ! それより、友ちゃん。参拝の作法はちゃんと知っているか?」

当然二礼二拍手一礼なのはわかっている。一体それがなんだと言わんばかりに言葉を返した。

「(ハル先輩) やっぱりそうか。友ちゃん、その作法は間違いだ。二拍手しなくていい。手を合わせるだけなのが正しいやり方だ。どうやら世間一般の正しいとされる作法が間違っているようだな」

　二拍手しないで手を合わせる作法なんて今まで聞いたことがない。それが本当に正しい作法なのかはわからないが、私はひとまずハル先輩の言う作法に従った。ただ、読者の皆様に対してこの作法をすすめるつもりは一切ない。なぜなら、私が正しい参拝作法を知っていようが知っていまいが、参拝する気持ちが重要であり、作法が違うからといって御利益がないとか、そういうものではないと考えるからだ。ちなみに、このことがあったあとも、私が翔ちゃんのいないところで神社に参拝する時は、今まで通り二礼二拍手一礼を変えていない。

　まずは猿田彦様が祀られている本殿の社から参拝し、続いて天鈿女様の社へ移動する。

「（ハル先輩）こっちはめんこい姉ちゃんだなぁ！」

　それを聞いて私とカズさんがすかさず反応し、同時に同じセリフを言う。

「（カズさんと私）失礼ですよ！　先輩」

「（ハル先輩）二人してハモってんじゃねぇよ。天鈿女のお姫様ってことは十分わかっているから」

そんなやり取りをしながら、無事に天鈿女様への参拝も済ませ、いよいよ本題の滝に近づいた。

「(ハル先輩)これがその滝か。あぁ、まずいな。友ちゃん、あんまり近寄らない方がいい。とりあえず、写真撮ってみるか」

そう言うと、翔ちゃんはいろんな角度から携帯のカメラで写真を撮りだした。私は一歩引いたところからその光景を窺っていた。

「(ハル先輩)友ちゃん、これ見てみろよ。ぎっしり写っているぜ。あぁあぁ、六体……いや七体か。しかもめちゃくちゃ怒っているぞ。おそらく、めぐみちゃんについたのも相当な怨念のこもった強い奴だ。友ちゃん、この滝はパワースポットって言われているんだよな?」

ハル先輩が見せてくれた写真には、確かに私でもはっきりわかるほど霊的なものが確認できた。気味が悪く、目を背けたくなるような画像だった。ハル先輩の質問に答えると、霊体ならではの貴重な返事が返ってきた。

「（ハル先輩）友ちゃん、いいか。人間にとってのパワースポットは、霊達にとってもパワースポットなわけだ。霊達も居心地がよくて、集まりやすい。だから、そんな場所で霊達に対して礼儀やマナーを知らずに人間が勝手に入ってくると、パワースポットも簡単に心霊スポットに変わってしまう。この滝は今、パワースポットではなく、心霊スポットになっているんだ」

この説明を聞いて私は納得した。いくら神社の境内で、清らかだとしても、結局そこに来る人間の影響を受けるのだ。私はめぐみちゃんにとんでもない場所を案内してしまったと後悔した。

「（ハル先輩）とりあえず、一回謝っとこうか。友ちゃんもここまで来な」

そう言うと、滝の目の前まで私を誘導し、二人並んで深々とお辞儀をした。

「（ハル先輩）お騒がせしました。すんませんした！」

ハル先輩が本気で謝っている様子を肌で感じ取りながら、私も謝った。そもそも、めぐみちゃんが悪霊にとりつかれたのは、私がこの滝へ案内したからだ。悪いのは私だ。なんとかお鎮（しず）まりくださいますようにと、願いを込めて誠心誠意謝った。

つづけて翔ちゃんは財布を取り出し、財布の中からは絆創膏が出てきた。

「(ハル先輩) 翔の仕事柄、常時持ち歩いていて都合がよかったぜ。貼るとよくないから、カエルの脇に置こうぜ」

そう。この滝のまわりには複数のカエルの置物が置いてある。そして、その一体に背中の塗料が剥げているカエルがいる。その話を、来る途中の車の中で翔ちゃんに話していたのだった。

「(ハル先輩) この場所でできることはこれぐらいか。友ちゃん、ちょっと予定変更だ。せっかく神社に来ているから、お守りを買って今日中にめぐみちゃんに会って渡したい。できるか?」

私の方はそれほど問題ではないが、めぐみちゃんが会ってくれるかどうかは彼女の都合しだいだ。すぐに彼女へその旨をメールで送る。するとOKの返事がすぐに返ってきた。そのあと、お守りを購入し境内から出て車に乗り込む。

「(ハル先輩) 買ってきたお守りに俺達の念を込めて彼女に渡す。そうすりゃ、今日一日ぐらい無事でいられるだろう」

「(なおと君) 僕もやる!」

「(ハル先輩) おう。カズも五郎も手伝え」

そう言って、買ってきたばかりのお守りを右手に持ち念を送る。仕組みはよくわからないが、そのお守りがあれば、彼女にとりついた悪霊は彼女に手が出せないのだそうだ。念を送る儀式が終わるのを待ち、私は車を出した。今度は彼女の家に向かう。時間にして一時間三十分ほどの移動だ。運転中はくだらない世間話をしていたが、やがて翔ちゃんは眠ってしまった。

彼女の家に行く前にスーパーマーケットへ寄った。スーパーマーケットに着くと翔ちゃんを起こし、ハル先輩の指示のもと、祓い浄め用のアイテムを揃えた。アイテムとは、ロウソク、お香、水、塩、日本酒の五点だ。

彼女の自宅前に着いたらいよいよ電話で呼び出す。この時が翔ちゃんとめぐみちゃんの初対面の瞬間だった。

「ごめんね、急に会ってもらうことになっちゃって。時間とか大丈夫だった?」

「うん。子供が習いごとに行っていて、終わる頃に迎えに行かないといけないから、十八時までなら平気。それより、何するの？　私、実家だから、部屋に上がられるのはちょっと困るかな」

「大丈夫。渡したいものがあるだけだから。時間もそんなにかからないよ。先に紹介するね。こっちは翔ちゃん。翔ちゃん、この子がめぐみちゃんね」

二人はお互い目を合わせ、軽く会釈した。

「(翔ちゃん)はじめまして、翔です。じゃぁ、車の中でやりますか。めぐみちゃん、コップを二つ、どんなものでもいいので持ってきてもらえますか？」

そう言われ、彼女は何がはじまるのか不思議そうにしながらコップを取りに行った。

私も、この時点では翔ちゃんが何をするのかわからなかったので、彼女がいない間に聞いた。どうやら、明日行う除霊が円滑にできるよう、とりついた悪霊を弱らせるらしい。そのために、浄めの塩水と酒をつくるのだそうだ。

「(ハル先輩)それにしても、べっぴんさんじゃねぇか。翔にはもったいねぇぐらいだ」

「(カズさん)先輩、友ちゃんの情報では、めぐみちゃんは霊が見えるそうなので、僕たちの正体がばれないように気をつけてください」

「(ハル先輩) 言われなくてもわかっているぜ。ちゃんと霊力も抑えて、気配を殺しているし、声も話し方も、ちゃんと翔に似せているからわかんねえよ。友ちゃんだって、さっきから喋っていたのが翔だと思っているぐらいだからな」

何と、先ほどめぐみちゃんと挨拶したのは翔ちゃんではなく、ハル先輩だったのだ。なるほど、このように翔ちゃんのフリをすることで、霊体達はまわりにばれないようにしてきたのか。私が感心しているところに彼女がコップを持って戻ってくる。

「コップはこんなのでいいのかな?」

陶器でできたコップを二つ。それを翔ちゃんは見て、問題なしと私に目で合図を送る。そこで私は、めぐみちゃんを後部座席に案内し、翔ちゃんも後部座席へ移動した。

「ねぇ、何がはじまるの?」

この時彼女はきっと不安を抱えていたに違いない。それを察して、大丈夫だよと声をかけた。

「(翔ちゃん声のハル先輩) 友ちゃん、コップにさっき買ったお酒と水を、酒一水九ぐらいの割合で入れて。めぐみちゃんは、動かないでじっとしていてね」

私はハル先輩の指示通り、彼女が持ってきてくれたコップに水割りをつくる。その間、翔ちゃんはお香に火をつけ煙を焚きだした。さらにそのお香を手に持って、めぐみちゃんにかざす。

「あの、翔ちゃん？　車内がお香臭くなるんだけど、窓開けるけどいい？」

私は翔ちゃんの返事を待たず、窓を開けた。たった数秒の間で狭い車内があっという間に煙に覆われたからだ。この時から一週間ほど、私の車はお香独特の臭いに苛まれてしまった。

まったく、人に迷惑をかけることだけは、めぐみちゃんを助けようとしている間でも抜群に発揮しやがって。翔ちゃんに対する怒りをこらえつつ、水割りを完成させた。

「水割りできたよ。次はどうするの？」

「（翔ちゃん声のハル先輩）もう一つのコップは水だけ入れといて。あとは僕がやります」

言われた通り水を入れ、翔ちゃんの仕事が終わるのを待った。彼女はというと、相変わらず不安そうな顔をして私の方を見ている。

「(翔ちゃん声のハル先輩) それにしても、めぐみちゃん、とりつかれた原因に心あたりってある？　あの滝で何かした？」

「え？　何も、とりつかれるようなことしてないと思うけど……あの滝で写真撮って知り合いに見せたり、送ったかな。あとは、滝の水を飲んだぐらいだよ。飲んだのがいけないのかな？」

「(翔ちゃん声のハル先輩) あちゃぁ、そりゃ怒るわ。あの滝はいわば心霊スポット。知らなかったとはいえ、水を飲めば、霊達からは荒らされたと思われてしまう。ましてやその写真を知り合いに送るなんて、霊が笑いものにされていると勘違いするよ。今後は気をつけてね」

悪霊も短気な奴だ。そりゃ、あの世へ行かずにこっちの世界に未練を残しているわけだから、短気な性格なのかもしれないが、滝へ案内した私にはとりつかないところが憎たらしい。

しばらく経つと、お香の芯も残りわずかになり火を消した。翔ちゃんは先ほどつくった水の入ったコップに、塩を少しずつ入れはじめた。塩水をつくっているようで、分量を加減するように少し入れては味見してを繰り返している。

「(翔ちゃん声のハル先輩) よし、こんなもんかな。今からこれを飲んで」

そう言って彼女に塩水を渡す。彼女も恐る恐るではあるがその塩水を飲んだ。私は彼女が今この状況をどう思っているのか、心配でたまらなかった。

だが、私の心配をよそにどんどん話が進んでいく。

「(翔ちゃん声のハル先輩) 次はこのお守り。これは、除霊が完全に終わるまで服のポケットかなんかに入れて、文字通り肌身離さず持っていてほしい」

すると彼女は私の顔を見た。

「え? 今日あの神社行って来たの?」

「うん。そのお守りはめぐみちゃんのために買ってきたものだよ」

「そんな、悪いよ。いくらしたの? 私、お守り代払うよ」

彼女は鞄から財布を取りだしたが、すかさず私と翔ちゃんとで要らない旨を伝える。

どうやら、最初から彼女は翔ちゃんのことを霊媒師のような目で見ているようで、まぁ間違いではないのだが、それでそれ相応の代金を支払うつもりでいたようだ。私も翔ちゃんも代金など、はなからもらう気がない。

翔ちゃんに関しては、確かにこの機に彼女と仲よくなろうという下心はあるが、金銭が目的ではない。私のほうは純粋に彼女を救いたいだけだし、そもそも原因をつくったのは私なのだから、金銭なんて受け取れるわけがない。そのことをていねいに説明し、なんとか彼女を納得させた。

「(翔ちゃん声のハル先輩) あと、このお酒は、めぐみちゃんの寝室の入り口に置いてほしい。今夜一晩だけでいいからね。朝起きたら普通に捨てちゃって問題ないので」

それを聞いて彼女は軽く頷く。時間がちょうど十八時になる頃だったので、私は他にすることがないか翔ちゃんにたずねた。

「(翔ちゃん声のハル先輩) 大丈夫、これで終わりです。これで今夜はぐっすり眠れると思います。ただし、まだとりついた悪霊はいなくなったわけじゃないので、明日が本当の除霊ですからね」

時間通りに終わったことを喜びつつ、彼女に別れの挨拶を済ませ、家に帰るのを見送った。彼女が玄関に入り、姿が見えなくなったと同時に私も車を出す。そして翔ちゃんを家に送り届ける。

「(ハル先輩)ところでよ、友ちゃん。めぐみちゃんにとりついていた悪霊、そうとう強いぞ。明日だけじゃ祓えないかもしれない。時間はどれぐらいあるんだ?」

「めぐみちゃんにも都合があるから、明日は朝一番でめぐみちゃんを迎えに行くので、その足で翔ちゃんの家に行きます。めぐみちゃんは夕方から用事があるそうなので、それまでには終わらせたいです」

「(ハル先輩)そうか。間に合うといいんだが……ん? この気配は……うぐぅぐぅ!」

「(?)おいハル、聞こえるか? わしじゃ」

急にドスの聞いた低い声に変わる。この声はお兄さんだ。穏やかな車中がお兄さん登場で一気にVシネマのテイストに早変わりする。

「(ハル先輩)なんだ、クソジジィじゃねぇか。どうした? 何か用か?」

「(お兄さん)あぁ、わしも今回の件で、上の指示でよく見守るように言われた。さっきのお嬢さんがめぐみちゃんだろ? なかなか強そうなのがついてやがるけど、お前らだけでなんとかできそうか?」

「(ハル先輩) あぁ。今ちょうどそれを考えていたところだ。除霊はできるだろうが、ちょっと時間が足らねぇかもしれなくてな。どうしようかって考えてた」

「(お兄さん) そうか……そうだな。除霊は諦めて、もといた場所に置いてくるってのはどうだ? そっちの方が楽だろう」

「(ハル先輩) おお! その手があったか。やるじゃねぇかクソジジィ。いいアイデアだ」

「(お兄さん) 決まりだな。それで行け。明日わしは上で見とるけぇ、いつでも困ったことがあったら呼んでくれ。すぐ駆けつける」

「(ハル先輩) おぉ、そりゃ助かるが、まぁ俺様さえいればクソジジィの出番はねぇだろうから、のんびり上で見学でもしてろよ」

「(お兄さん) そうか。それならお前らの力で、お嬢さんを救って差し上げろ! わかったな。それよりお友達さんの……名前が、ええと?」

怖い顔つきで私を見る。私は恐る恐る自分の名を名乗った。

「(お兄さん) おお。友祈さんじゃな。友祈さんに一つ言っておきたいことがある。

うちのハルはバカだからよ、ご迷惑をおかけするかもしれねぇが、まぁ、大目に見てやってくれや」

「イエ、とんでもございません」

「(お兄さん) そうか、すまんのぉ。ハル、友祈さんに迷惑かけんじゃねぇぞ! いいか。それじゃ、明日は頑張りや」

そう言うと、お兄さんは上に抜けて行ったみたいで、Vシネマから通常に戻る。そのあとも、明日の時間や行動について確認しながら翔ちゃんを家まで送るのだが、その途中、道路の中央に横たわっていた一匹の犬の死骸を発見し、私はとっさに急ハンドルを切った。夜で視界が悪く、気づくのがコンマ何秒か遅れていたら確実に轢(ひ)いていた。なんとか大事にいたらず、事なきを得たことをホッと喜んだ瞬間、ハル先輩が大声を出す。

「(ハル先輩) 友ちゃん、車止めろ!」

私はビックリし、どうしたんだと言わんばかりの表情でちらっと翔ちゃんの顔を見る。

「（ハル先輩）さっきの犬がついてきた。いいから車止めてくれ」

そう言いながら、先輩は車内から後方を見渡す。私は言われた通りブレーキをかけて車を止める。

「（ハル先輩）友ちゃん、Uターンしてさっきの犬の手前まで行ってくれ」

私は言われた通りにする。この道路の交通量はそれほど多くないが、ハザードを立てながらUターンし犬の死骸の前まで戻った。

「（ハル先輩）よし、そこで止めてくれ。友ちゃんは、俺が合図するまで車の中にいてくれ」

そう言うと、翔ちゃんは車を降り犬に近づく。私は言われた通り車内で待機しつつ、車内から翔ちゃんの様子を見ていた。見たところ、手を合わせ何かを唱えているようだ。この場で犬の供養でもするというのだろうか。

しばらくすると、私に向かい手で出てこいと合図したので、車内から降り翔ちゃんに近づく。

「（ハル先輩）かわいそうにな。一瞬の出来事で、轢かれたことに気づいていないみたいだ。見ろよ。首輪ついているから、俺達を勝手にご主人だと思ってついてきたんだ」

そう言われても、私には犬の霊が見えていないので、そう言うならそうかと思う他になく、様子を黙って見守っていた。

「（ハル先輩）こういうの、本当は市役所とか、担当課が対応するんだろうけど、このままここに放置しているとまた轢かれちまう。路肩まで運んでやるからな。あぁ、安心しろ。お前の主人は今頃お前のこと探している。きっとすぐに見つけて、ちゃんと葬ってくれるさ。間違っても人間は恨むんじゃないぞ。飛び出したお前だって不注意だった落ち度はあるんだ。安心して上に行け」

そう言いながら、犬の死骸の首輪のところをつかみ、路肩まで移動させる。私はその一部始終を呆然と眺めていた。

誰かにそうしてくれと頼まれたわけではないのにもかかわらず、犬の霊が見えて、それが追っかけてきたからというだけで、丁重に死骸を扱い、弔おうとする姿を見せられた私は、これが霊体というものなのかと感心させられた。

「（ハル先輩）友ちゃん。今後、運転中に動物の死骸とか見つけたら気をつけてな」

そう言われても、一体何をどう気をつけろというのだろうか。轢かないように？

それとも、とりつかれないように？

前者ならまだしも、後者なら無理な話だ。こんなふうに、時折ハル先輩の説明足らずなところにいら立ちを覚えるのは私だけだろうか？　そんなことを思いながら車内へ戻り、Uターンし帰路に戻る。私は、ハル先輩に普段からこのような動物の死骸の後処理をするのかどうか質問した。

「（ハル先輩）めったにするものではないが、今回はついてきたからな。まぁ、この世に留まっている霊を上にあげるのも、俺ら霊体の仕事みたいなものだからな。それより、途中でコンビニ寄ってくれるか？　さすがに、死骸触った手のままではいたくないからな」

なるほど。動物でも人間でも相手が霊であり、この世に留まっているならあの世に上げることも彼らの任務の一つらしい。なんだかんだと他人を巻き込んで楽しんでいる風な感も否めないハル先輩だが、口は悪くてもきっちり仕事をこなす心優しい霊体だと認識していた。

　そしてハル先輩の指示通り、帰路の途中に見つけたコンビニに立ち寄る。翔ちゃんはお手洗いへ向かい、私は飲みものを購入しようとレジへ並ぶ。購入後しばらくしても翔ちゃんが私のもとへ来ないので店内を探すと、お手洗いの入り口の手前にいた。そこで翔ちゃんは貼りだされたチラシを眺めていた。私がそれに気づきチラシを覗き込むと、それは行方不明者捜索のチラシだった。チラシには、行方不明者がこのコンビニ付近に住む女子大生であることや彼女の写真、目撃情報を求める旨が記載されていた。私はすかさず翔ちゃんにどうしたのとたずねた。

「（ハル先輩）おいカズ。この子見覚えないか？」

「（カズさん）あるような、ないような。あまり覚えていません」

　翔ちゃんには私の声が聞こえなかったのか、勝手に霊体達が話しだす。

「（ハル先輩）どっちだよ。この子、N大学だとよ。家の近くだ。いなくなった日から見て二週間前だ。見てないか？」

「（カズさん）それなら、すれ違っている可能性はありますね。調べてみます」

そう言うと、例の特殊なコンピュータを操作する素振りを見せた。まさかとは思うが、それで行方不明者の居場所を突き止められるとでもいうのだろうか。私は彼の様子をしばらく黙って見守った。

「（カズさん）先輩、どうやら一度すれ違っているようですね。データが残っていましたよ。そこから探っていけば……よし、彼女が写っている防犯カメラの映像が見つかりました」

「（ハル先輩）そうか。行方不明になった日の映像はあるか？」

「（カズさん）えぇっと……あった、これだ。間違いありません。チラシに書いてある行方不明になった当時の服装と特徴が一致しています。先輩、もしかして、彼女のいる場所探すんですか？」

「（ハル先輩）おおよ。面白そうだから探そうぜ！」

「（カズさん）そう言うと思いましたよ。ちょっと時間かかるかもしれませんが、すぐに見つかると思い……」

「（翔ちゃん）二人ともやめてよ！　仮に探せて、居場所がわかったとしても、そのあとどうするの？」

「（ハル先輩）そりゃお前、警察に連絡か？」

「（カズさん）あぁ、そうか。翔の言いたいこと、わかったよ。霊体が霊視して居場所がわかっても警察は相手にしませんからね。やるだけ無駄です。それよりも先輩、早く帰りましょう。家が散らかっているんです。明日、めぐみちゃんを呼ぶんですから掃除しないといけません」

「（ハル先輩）そうか。しょうがねぇな」

ようやく歩き出しコンビニから出た。何というか、こんなことが日常的に起こっている翔ちゃんの身を察し、車に乗り込むのと同時に、翔ちゃんに大変だねと声をかけた。

「（翔ちゃん）ほんとね。でももう慣れたよ」

無事に翔ちゃんを家へ送り届けたが、別れ際、私についてくる霊体のシフトチェンジが行われた。といっても、変わったのはカズさんと五郎さんが入れ替わっただけだった。カズさんは部屋の掃除を担当しているそうで、めぐみちゃんが来る明日に備えて部屋を片づけるために入れ替わった。確かに、誕生日に翔ちゃんの部屋に訪れた時はひどい散らかりっぷりで、女子を招くのにはふさわしくない。

自宅に帰るとすぐにハル先輩用のお酒を用意し、私も明日の決戦に備え普段より早めに眠った。


翌朝、準備を済ませ、早々にお香臭い車を出す。彼女の家までの距離は三十分ほど。途中でコンビニに寄り、コーヒーなどを購入し彼女の家に向かう。到着し電話で彼女を呼び出すとすぐに彼女がやってきた。彼女を助手席に乗せ、翔ちゃんの家を目指す。車内では自然と翔ちゃんの話題が出た。

「昨日の、翔ちゃんなんだけど、あの人一体何者なの？　昨日ずっと彼の後ろに、黒くて大きくて角の生えた何かが見えていたけど、あれは一体何なの？」

私は彼女の言ったものが何かわかった。彼女が見ていたのはおそらく、ハル先輩の霊体の姿だ。気配を消すと言っていたが消し切れていなかったのか、彼女の霊を見る力が強いのかのどちらかだろう。

「その答えは、今日直接彼から聞いた方がいい。めぐみちゃんならすぐ理解できるよ」

彼女はそれを聞いて軽く頷いた。そのあとも翔ちゃんについては核心的な部分には触れず、多重人格障害を抱えていることや、バツイチで子持ちだということを伝え、あとはたあいないやり取りを続け、お昼のお弁当を三人分買いこんで翔ちゃんの家に着く。

翔ちゃんの家に着いてまず驚いたことは、誕生日に来た時はあれほど散らかっていた部屋が小奇麗になっていたことだ。さすがカズさん。女のことになると一生懸命になるようだ。挨拶を済ませ、部屋の中へ入ると、中央の机を囲むように三人が座った。

「(翔ちゃん) まぁ、まずは除霊の前に腹ごしらえしよう」

そう言って買ってきた弁当を開け、和やかなランチタイムがはじまる。彼女もこの時はまだ落ち着いているようで、三人のたあいない話でリラックスしていた。

「(翔ちゃん) それじゃ、そろそろはじめますか。友ちゃん、めぐみちゃんに僕のことどこまで話している?」

「そうだね。多重人格障害を抱えているって話はしたかな。それ以上は何も」

「(翔ちゃん)そうか。じゃぁ、そこから話さないといけないね。実は、多重人格障害の正体は霊体なんだ。最初は驚くかもしれないけど、そのうちに慣れてくるから、怖がらなくていいし、悪いものじゃないからね。除霊をするにあたって、彼ら霊体の力が必要なんだ。どうかな？　出してもいい？」

それを聞いて彼女が困惑するだろうと、彼女を見たが、案外冷静さを保っているように見えた。

「はい、お願いします」

彼女も事の重要性をしっかり理解しているようで、すんなりと受け入れる。あとは実際に目の当たりにした時にどう反応するか。

「(翔ちゃん)それじゃ、そのうちに出てくると思……ぐぐぅ！」

「(ハル先輩)俺様！　参上！　ちんたらしゃべってんじゃねぇよ。俺様が主役だからな。めぐみちゃんよろしく！」

「(翔ちゃん)ちょっと、喋り終わる前に入らないでください。今のがハル先輩です」

「(ハル先輩)そうだ。俺様がハルだ。よろしくな！　てか、めぐみちゃん。なんかリアクション取れよ。固まっているじゃねぇか。友ちゃんもなんか言ってやってくれよ」

そう、彼女はこのハル先輩が出てきた翔ちゃんを見て、唖然としている。まぁ、無理もない。私も四日前に同じ思いをしている。今の彼女の気持ちを一番に理解できるのは私だけだ。

「めぐみちゃん、大丈夫だよ。四日前僕も同じリアクションだった。そのうち慣れるから。意外と面白い霊体達だから、安心して」

そう言うと彼女は頷く。どうやら私ほど驚いてはおらず、ことのほか冷静そうな感じだった。

「(ハル先輩)友ちゃん。人のことを芸人みたいに言いやがって。こっちは笑わせたくてやってるわけじゃねぇんだよ」

「あれ、そうですか? 先輩は芸人じゃないんですか?」

「(ハル先輩)ああ、俺様は芸人じゃねえ!」

「あっ、そうか。そもそも人じゃなくて霊体でしたね。一度死んでいますから芸人にはなれなかったですね。あっはっは」

　めぐみちゃんも笑いだして和む。

「（ハル先輩）そりゃそうなんだけどよ。なんだその刺のある言い方。あんまりだよ。友ちゃん、最近俺様に敬語使わなくなってきてるし、もっと俺様に気をつかえ！」

「（翔ちゃん）友ちゃんもだいぶハル先輩のあしらい方、わかってきたみたいだね。あんなバカはそれぐらい雑に扱った方が楽だよ」

「（ハル先輩）翔も調子のんなよ！　誰がバカだって？」

「（翔ちゃん）先輩ですよ」

「（ハル先輩）くそぉ。みんなしてだんだん俺様の言うこと聞かなくなっていきやがる。友ちゃんは俺様の味方だよな？」

　だんだん私も面倒くさく感じ適当にあしらう。

　話は少し逸れるが、ここ数日間に感じた、彼ら霊体に対しての個人的な見解をここで書いておきたいと思う。

　彼らは正直言って尊敬できるような霊体達ではない。特にハル先輩は、話せば話すほど精神的なレベルが低いと感じてしまう。私が正しい敬語を使うのは便宜上必要な仕事関係か、心から尊敬している人だけだ。それが少しずつハル先輩に対し敬語を使わなくなっていく理由だ。

「（カズさん）先輩、めぐみちゃんも少し慣れてきたところだと思いますので、そろそろ契約の話、してください」

「（ハル先輩）そうだな。めぐみちゃん。これから除霊をするにあたって、なるべくベストな状態で望みたい。だから契約をしてくれないか？」

私にはハル先輩の言いたいことがすぐにわかった。つまり、めぐみちゃんとも私と同様の契約をしたいという申し出だ。仕組みはわからないが、契約者でないと除霊そのものが難しいようだ。

「あの、契約って何ですか？」

彼女がそう言ったあと、私に助けを求めるような感じで私の顔を見る。

「（ハル先輩）契約ってのはな、めぐみちゃんが幸せになるまで俺達が全力で守るって契約だ。契約しないとうまく除霊が行えない。どうだ？　契約するか？」

「え？　ねぇ、もしかして友くんは契約しているの？」

「うん。契約したよ。僕の場合、成り行きというか、仕方なくって感じだったけど」

彼女には不安があった。そりゃあ、昨日今日会ったばかりの人に、幸せになるまで守るから契約してくれって言われれば、誰もがどういうことだと困惑するはずだ。

「契約ってことは、何か書類にサインしたり契約料とか払わないといけないの？」

彼女はいたって通常の反応をした。ハル先輩の、説明不足で突拍子もない契約話の方が異常なのだ。

「(ハル先輩) そんなものはいらねぇ。めぐみちゃんが契約すると言った瞬間に契約が成立する。どうだ？　契約してくれるか？」

また、彼女は私の方を見て、助けを求めるような表情を浮かべた。そして、少し間をおいて彼女が申し訳なさそうに話しだす。

「まだ知りあって間もないのに、内容のわからない契約なんて結べません。ごめんなさい」

彼女の反応の方が正解だろう。私のように成り行きで、面白半分に契約するような人の方が稀だ。それを聞いてハル先輩が返事をする。

「(ハル先輩)そうか。なら、仮契約ならどうだ？　通常の契約と同等の効果はあるが、嫌なら途中で解約もしやすい。それでどうだ？」

仮契約だと？　何だそれは。いったいあの世でのシステムはどうなっているのだ。

私はハル先輩にツッコミを入れたかった。だが、彼女の回答の方が気になったので黙っていた。彼女も少し考えたようで、しばらく沈黙したが、結局、仮契約ならと了承した。

「(ハル先輩)これで除霊の条件はそろったな。時間も限られているから、さっそく準備に取りかかるぞ」

そう言うと翔ちゃんは立ち上がり、準備を開始する。まずは、三つのコップのうち二つに、昨日買っておいた日本酒と水で水割りをつくる。もう一つは塩水をつくる。三つ用意できたところで、三人揃ってそれを飲み干す。私は運転手なので塩水だったが、これがかなりキツイ。海水を飲んでいるのと変わらない強烈なまずさだ。

続いて、ロウソクに火を灯し、お香を焚きはじめる。

「（ハル先輩）それじゃ、携帯からだな。滝の写真撮っただろ？　あれをまず浄化する。みんな机の上に携帯出してくれ」

ハル先輩の指示に従い、三人とも携帯を取り出す。そして、ハル先輩が携帯に手をかざし、念を送りこむ。仕組みはわからないが、数分すると浄化ができたみたいだ。

「（ハル先輩）これで写真はＯＫだ。皆、滝の画像を全部消してくれ。あとは本体だな。やはり、めぐみちゃんについている奴はそうとうに手ごわい。だから、例の滝にお帰りいただく方法でいきたいが、めぐみちゃん、時間は大丈夫か？」

この時すでに十四時を過ぎていた。彼女は夕方十七時までに用事があり帰宅したいとのことだったので、今から神社に向かえば、十五時過ぎには神社に着く。悪霊を置いてくるにしてもそれ相応の時間がかかるだろうし、彼女の家に送り届ける時間も考えるとこれ以上のんびりはできない。

「神社へ行くなら、今すぐ向かわないと時間的に間に合いません」

私がそう言うと、翔ちゃんも彼女も頷く。すぐに荷物をまとめると、私の車に乗り込み出発した。

「（ハル先輩）おいカズ。お前、車の外に出て前方の様子見てこい」

「（カズさん）了解です。それじゃちょっと危険がないか見てきます。五郎となおとは後ろ見ていてくれる？」

私は霊体の便利さに驚愕していた。彼ら霊体は車外に出て、前方の道に渋滞がないか確認したり、後方からスピードの速い車が近づいてくるのを事前に知らせてくれる。カーナビ以上に優れた力だ。車内ではハル先輩がご機嫌で私と彼女と会話しながら進む。大抵はくだらない、どうでもいい話であったが、その中でも翔ちゃんにとりつく前の話が印象的で覚えている。ハル先輩いわく、死んでから翔ちゃんにとりつくまでの期間はものすごく暇で退屈だったそうで、『何もない。無があるだけ』と、この言葉を何度も使ってあの世について説明してくれる。

しかし、私の解釈では、それはあくまでハル先輩が感じたあの世像であると受け止めている。他にも、どうしてその話になったかは忘れたが宇宙人はいるかどうかという話題になった。ハル先輩いわく、そんなオカルトなものは存在しないという。私はハル先輩の存在自体がすでにオカルトだと強くツッコミを入れた。

道中では昨日と同じく、墓地を横切る時に三人揃って手を合わせ、神社へはちょうど十五時過ぎに到着した。

境内に入ると、まず鳥居の前で昨日とまったく同じ光景が繰り広げられる。

「(ハル先輩)翔のバカ野郎！　昨日言っただろ。鳥居くぐる時は一礼だ！」

「(翔ちゃん)わかったから。でも首引っ張るのは本当痛いからやめて」

「(ハル先輩)フン、知るか、おめぇが悪いんだろうが。それよりよ。猿ちゃん！　また来たぜぇ！」

「(カズさん)先輩、本当にそれマズイです。怒られても知りませんよ」

「(ハル先輩)大丈夫だって！　俺と猿ちゃんは友達なんだから。めぐみちゃんもそう思うだろう？」

急に振られた彼女は私の方を見る。私はまず彼女に、ハル先輩も猿田彦様の姿が見えていることを伝えた。さすがに二人とも見えているのに、私だけに姿が見えないのがこの時は悔しかった。順番通り参拝し、いよいよ問題の滝へと近づく。

「(ハル先輩)よし、友ちゃんとめぐみちゃん。俺様の後ろについて歩いてくれ」

滝の二十メートル手前から、ハル先輩を先頭に並んで歩く。そして滝との距離わずか三メートルぐらいでハル先輩は立ち止まった。

「(ハル先輩) 友ちゃんとめぐみちゃんは、俺様がいいと言うまで、今立っている位置より滝に近づくなよ」

そう言うと、ハル先輩は手を合わせ何かを念じはじめた。私はそんなハル先輩を黙って見守ることしかできなかった。

「(ハル先輩) 友ちゃん、めぐみちゃん。この手前まで来な。そして三人同時に謝るぞ。いいか?」

私と彼女はハル先輩に指示された位置に移動する。そして三人が目でコンタクトを取ると同時に深く一礼をする。この光景、おそらく他の参拝客はきっと、何をしているんだと驚いていたにちがいない。この神社は平日でも昼間ならわりと参拝客がいるのだ。

「(ハル先輩) これで一件落着だ。無事にめぐみちゃんについた奴はお帰りいただいた。今度は気をつけるんだな」

私はこの言葉を聞いてホッと一安心した。彼女も安心したのか、それとも悪霊がいなくなったおかげか、少し穏やかな顔つきになった感じがした。

「ハル先輩。ありがとうございます」

「(ハル先輩)あぁ、どぉってことねぇよ。それより腹減った。さぁ帰るぞ!」

まったくハル先輩の発想は少年漫画の主人公並みに単純だ。除霊に思いのほか時間がかかって、この時すでに時間は十六時を過ぎていたので、彼女とハル先輩を急かし境内を出て駐車場まで戻る。この時間だと、彼女を十七時までに送り届けることができない。その旨を彼女に伝えると、すぐに彼女は誰かに電話をかけた。電話が終わるとすぐに彼女も車に乗り込む。そして、時間は気にしなくていいから安全運転でお願いと言うので、どうやらそのあとの予定は先ほどの電話で何とか都合をつけてくれたみたいだ。

翔ちゃんが、疲れてゆっくりと背を伸ばしたいとの理由で後部座席に乗り、彼女は助手席に座った。私は何か違和感を覚えたが、その時はまだわからなかった。

神社から彼女の家まで、ハル先輩を中心にたあいない話が繰り広げられる。私は適当に話を合わせつつ、運転に集中して一時間三十分、予定の時間を三十分ほど遅れたが彼女を無事に家まで送ることができた。

そして、彼女が丁寧に今回のお礼を言い、車から降りた。

エピソードV

ボスからの指示

彼女と別れの挨拶をすまし、また車を走らせる。次の目的地は私の家だ。彼女を送っている最中に、ハル先輩が私の家に行きたいと言い出したのだ。しかたないが、今日は何と言っても先輩のおかげで彼女についた悪霊を返せたわけで、労をねぎらうため、私の家でもてなすことになっていた。車を出してしばらくすると、またお兄さんが現れVシネマがはじまる。

「(お兄さん) 無事に終わったみたいだな。よう頑張ったな。今回の件で、上から指示が下りとるけぇ、家について落ち着いたら上に来い。ええか」

「(ハル先輩) 何だよ指示って。今言えよ」

「(お兄さん) たくさんあるけぇ、あとでええんじゃ。わかったか。それから友祈さんもようやってくれたな。あともよろしゅう頼んます」

そう伝えるとお兄さんはいなくなった。相変わらずお兄さんのドスの利(き)いた声は迫力があるのだが、四日前に比べるとだいぶ慣れた。家に向かう途中、ラーメン屋に立ち寄り夕食を済ます。翔ちゃん用にお酒やツマミなどをコンビニで購入し、家に着く。

私は実家で親と兄の家族の二世帯住宅で暮らしているが、部屋自体が独立する形であるため、わりと自由に生活ができる環境になっている。以前の翔ちゃんの部屋ほどではないが、あまり片づいていない私の部屋に翔ちゃんを案内した。

「（ハル先輩）ここが友ちゃんの部屋な。そう。そのソファ。俺様はいつもここで横になっているんだよ」

どうやらハル先輩は、霊体の時に私の部屋にあるソファを勝手に愛用しているようである。

「先輩、今日はお疲れさまでした。お酒も買ってあるので一杯やってください」

そう言ってお酒とツマミを用意し、除霊完了のプチ打ち上げの雰囲気でスタートした。

「（ハル先輩）今日は完璧だったたな。めでたしめでたしだぜぇ」

「（カズさん）何が完璧なもんですか。先輩のせいで最悪ですよ」

「（ハル先輩）カズ、何言っているんだ？　俺様のおかげで、見事に悪霊返して済んだんだろうが。何が最悪なんだ？」

打ち上げ早々に霊体同士で仲間割れがはじまった。私は黙ってじっとその話を聞いていた。

「（カズさん）先輩。何か忘れていませんか？　除霊に関しては別に問題ないんです。ただ、今回はめぐみちゃんと翔を引き合わせてお近づきになるっていう、先輩自ら命名したラブラブ作戦もありましたよね？」

「（ハル先輩）おぉ、そうだな。それもばっちりよ。確かカズがめぐみちゃんの連絡先聞いていたろ？　なら何も問題ないだろうが」

「（カズさん）問題、大ありですよ。俺様が主役だとか言って常に翔の体に入って、乱暴な口のきき方ばかりする。神社では猿田彦様のことを猿ちゃんなんて呼ぶし、めぐみちゃんはそんな翔の姿を見て完全に引いていましたよ。めぐみちゃんは、中身はハル先輩でも翔として受け止めるんですよ。バカな先輩にはわからないかもしれませんが、友ちゃんならわかりますよね？」

なるほど。いつのまにか連絡先を交換していたことに驚いたが、神社をあとにする際の、彼女と翔ちゃんの座席に感じた違和感はこれだったのだ。思い返せば、翔ちゃんの部屋を出たあたりから、彼女は翔ちゃんと直接のやり取りを避けるように私を間に挟んでいた。これは完全に嫌われた構図だ。カズさんの見立ては的を射ている。

「（ハル先輩）おいおい、そんなこと言ったってしょうがねぇだろうが。除霊は俺様にしかできねぇんだからよ」

「（カズさん）そうですけど、体の持ち主より何で目立とうとするんですか？　それさえなければ、翔と僕で彼女を優しくエスコートできたのに。嫌われたのは完全に先輩のせいですよ。どう責任取ってくれるんですか？」

「（ハル先輩）えぇ？　俺様が悪いの？　それを言い出すなら、人見知りで積極的に出てこねぇ翔が悪いんだろうが」

「（翔ちゃん）僕は何も悪くないよ。邪魔したの、ハル先輩だからね」

お互いどっちもどっちと言うか、そもそも文字通り一心同体なわけだから、誰が悪いとか言えないような気もするが、この件に関しては、ハル先輩が悪いような気がする。

「(カズさん) まぁ、済んでしまったことは仕方ありません。これから挽回できるようにしていくしかないでしょう。今度はハル先輩出てこないでくださいね。私がやります」

「(ハル先輩) そうだな。挽回できりゃいいや。カズにそっち方面は任す。ところで友ちゃん、ちょっとトイレ借りるぜ」

そう言って立ち上がり、部屋を出ようとするが、扉に思いっきりぶつかり『ガコン』と鈍い音が鳴り響く。

「(ハル先輩) 痛っ! 肉体に入っていたこと忘れてたぜぇ。おぉ痛い。友ちゃん、トイレはどっちだ?」

ハル先輩の、体を張った渾身の霊体ギャグに驚きつつも、冷静にトイレを案内する。霊体で私の部屋に来ているのだから、トイレがどこにあるかぐらい知っていても不思議ではないのだが、知らない様子だった。私はそのことだけを根拠に彼らが霊体ではないと言うつもりはまったくない。ただし、霊体だから何でも見えていて、何でもわかっているわけではないことがわかった。

しばらくするとすぐに翔ちゃんはトイレから戻って来た。今さっきお兄さんに呼ばれて先輩は上に行ったよ。

「（カズさん）ただいま、友ちゃん。今さっきお兄さんに呼ばれて先輩は上に行ったよ。そのうち帰ってくると思うけど、うるさい先輩がいなくなって、穏やかに過ごせますね。僕もたまにはお酒飲んでみたかった」

カズさんが主導権を握り会話が進んでいく。どうやら、普段はハル先輩がお酒を飲むので、カズさんはあまり飲んでおらず、こうしてお酒を飲むのが久しぶりで喜んでいるみたいだ。女ったらしではあるが、翔ちゃんにつく霊体の中では比較的クールで紳士的なカズさんも、お酒が進むとハル先輩の愚痴が出はじめる。

「（カズさん）友ちゃんも大分わかってきていると思うけど、あのバカな先輩といると疲れますよ。霊体の中では僕が先輩と一番長いつきあいですけど、毎日あんなバカにつきあわされる身にもなってみてください。愚痴の一つや二つ言いたくなりますよ」

こんな風にカズさんと話したことは今までなかった。基本的にはハル先輩が中心だったので、なかなか新鮮だ。カズさん、心中お察しします。

私はこのタイミングでカズさんにいろいろと質問をしてみた。

まずは、翔ちゃんについている霊体達がどのようにしてついたのか。

「(カズさん) そうだね。先輩は、翔が生まれた時からついている。僕は翔が確か、十歳だったかなぁ、その頃に上の指示でつくように言われた。五郎は、翔が中学一年の時、なおとくんは翔が中学三年の時に来たかな。二人とも上の指示だよ」

それを聞いて、私の関心事は『上の指示』に移った。彼ら霊体はよくこの『上』という言葉を口にする。上とは一体何なのか質問してみた。

「(カズさん) 僕達霊体に指示を出す人がいる。それはハル先輩の育ての親で、皆は親分と呼んでいる。指示はいろいろあって、親分が直接指示を出す場合もあれば、さらに上の指示が親分を経由して伝えられることもある。僕は親分には会ったことがあるが、さらに上の方のことはあまり知らないんだ」

これは貴重な話だ。霊体の中でもそれなりの序列があり、彼らのボスがその『親分』というわけだ。おそらくその下にお兄さんがいて、さらにその下がハル先輩やカズさんという具合だろう。さらに上にいるのは、親分以上の霊格を持った存在なのだろう。

私は、親分よりも上の存在を神のレベルと捉えるようにしている。親分は神レベルから一つ下の地位にいる霊体という認識だ。軍隊の階級でたとえるとするならば、神クラスは士官で、親分は下士官に当たる、曹長とかそのあたりと言えるだろうか。私の捉え方が正しいのかどうかはわからないが、便宜上ここではその認識で統一したい。

私はカズさんに、もう一つ気になっていた、契約が満了したあとの霊体達のその後について聞いてみた。

「(カズさん)契約が満了したあとのことは何も聞かされていない。だから、どうなるのかはわからない。誰かについて、また翔のように守ることになるか、それとも人間として生まれ変われるのか、わからないんだ。僕ら霊体は、人間になれる日を夢見ている。だから、いつになるかわからなくても契約が満了したら生まれ変われると信じて契約者のサポートをするんだよ」

そうか。契約満了させようとする彼ら霊体の原動力は生まれ変わりだったのか。しかし、私と翔ちゃんの契約が満了しても人間になれるかどうかが決められていないとは、厳しい仕組みだ。

「大丈夫です。きっといつか人間になれますよ。私も契約満了できるよう努力しますから、一緒に頑張っていきましょう」

私はカズさんを励ました。霊体を励ます人間なんて私ぐらいだろう。たかだか四日のつきあいとはいえ、すでに私は彼ら霊体達に情がわき、彼らの望みが叶ったらいいと思うようになっていた。

「(カズさん) ありがとう友ちゃん。契約満了に向けて、まずは、翔もそうだけど、友ちゃんも彼女いないんだから、早くいい人見つけないとね」

すっかり自分のことを忘れていたが、私の契約満了は結婚して子供ができないといけなかった。こればっかりは時間がかかりそうだ。

「(カズさん) ん? ハル先輩が帰ってきたようですね。先輩、お帰りなさい」

「(ハル先輩) おう! ただいま! 今度はお前が上に行ってこいよ」

「(カズさん) え? 僕がですか?」

「(ハル先輩) そうだよ。上がお呼びだ」

「(カズさん) あ、本当ですね。僕のところに知らせがきました。では、友ちゃん、行ってきます」

　これでハル先輩の邪魔が入らないカズさんとの会話は終了した。入れ替わりで次はハル先輩と話す。

「（ハル先輩）いいか友ちゃん。上からいろいろと聞いてきた。それでよ、友ちゃんにも伝えないといけないことがあるんだ。よく聞けよ。まず、今回めぐみちゃんを救ったことを上が高く評価している。上も友ちゃんに感謝していたぞ。この評価を受けて、条件つきではあるが、俺様とカズと五郎となおと、それから女三人は、条件をクリアし、かつ、翔と友ちゃんの契約を無事満了したらすぐに、人間に生まれ変われることが約束された！　すげぇだろう⁉」

　ほんの数分前、カズさんから契約満了しても生まれ変われるかどうかわからないという話を聞いたばかりだったので、私にはその言葉があまりにも衝撃的だった。涙もろい性分の私はあっという間にスイッチが入り、泣きながら自分のことのように喜んだ。

「（ハル先輩）なんで友ちゃん、そんなに泣いているんだよ。まずは条件をクリアしないと意味がないからな」

「(五郎さん) その条件ってなんや？　わしもなおとも関係してくることなんやろ？　じらさんと教えてくれ」

「(ハル先輩) おお、その条件ってのが二つあってよ、どちらか一つをクリアできたらいいんだが、一つ目は、十一月中に二度、翔とめぐみちゃんを会わせること。二つ目は年内までに、友ちゃんの知り合いの独身女性三人を翔に紹介すること。それが条件だ」

私はこれを聞いて、先ほどまでの号泣が嘘だったように涙が引いていくのを感じた。こんな条件、両方ともほぼ不可能に近い。めぐみちゃんはおそらく今日の反応からして翔ちゃんに脈はない。厳しいだろう。もう一つの条件も、私は結婚相談所のスタッフじゃないんだから、三人も女性を紹介なんてできない。悲しい事実だが、連絡の取れる独身女性がそもそも三人もいないのだ。

しかも、この条件をクリアするかどうかは、霊体達がどうこうというより、私が行動した結果によって決まるではないか。私が頑張らなければいけない。当然私はハル先輩に、こんな条件はとてもクリアできないと告げた。

「（ハル先輩）それがよ。俺もこの条件は厳しすぎるって上に言ったんだけどよ、聞き入れてくれなくてなぁ。友ちゃん、なんとかできねえか？」

そう言われても無理なものは無理なのだ。だが、最善をつくすより他にない。なんとかめぐみちゃんと連絡を密にして、翔ちゃんの印象アップに繋げ、もう一度会ってもらうようにするしかないだろう。ハル先輩にそう告げると、頑張ってくれと言われる。まったく、翔ちゃんも自分勝手で他人を巻き込む性格だが、霊体も霊体だ。無理やり私を巻き込んでいく。

「（ハル先輩）それからよ。これは指示というか、友ちゃんに頼みごとなんだが、来年一月は翔の誕生日なんだ。一月十三日だ。この日、友ちゃんに翔の誕生日を祝ってもらいたいんだ。翔は毎年、自分の誕生日は仕事を休んで、俺達とも遠ざかって、一人で殻に閉じこもるんだ。誕生日にあまりいい思いをしてなくてな。特に、誕生日に親が離婚したのがあって、あいつは自分の誕生日が嫌いなんだ。だからよ、友ちゃんが側にいて、盛大に祝ってやってくれねぇか」

翔ちゃんの過ごした家庭環境の過酷さを垣間見た気がした。一般的には自分の誕生日は嬉しいものだ。まわりからは祝ってもらえるし、もし仮に誕生日が嫌だとしても、それは年老いていくのが嫌だという理由がほとんどだろう。誕生日に辛いトラウマがあるなんて人は少ないと思う。

だからって、毎年誕生日に殻に閉じこもっていてはいい思い出はつくれない。面倒ではあるがつきあってやるかぐらいに思い、私は自分の誕生日に対する考えをハル先輩に話した。

「私は自分の誕生日、すごく好きですよ。親が私を生んでくれた日ですし、いつだったか、母から聞きましたけど、母が私を身籠った当時、父親の仕事の都合で家族全員地元から離れた場所に暮らしていたんですが……」

「（ハル先輩）父も、伯父や叔母や親戚まで、産むのに反対したんだろ？　でも母親だけがせっかく身籠ったんだから産むって言って、産んでくれたんだろ？　知ってるよ。ちょうどその話、上で聞かされたよ。翔の誕生日の話をしたら、友ちゃんがきっとこの話をするだろうってな。まぁ、そんな友ちゃんに、どうしても翔の誕生日に側にいてやってほしいんだ」

　私は固まってしまった。まさに私が話そうとした内容を、ハル先輩が先回りして話したからだ。いったい、上では私の情報がどこまで知られているのだろうか。上の情報力の偉大さに驚きと恐怖心と好奇心を持ちつつ、ハル先輩に翔ちゃんの誕生日は私が祝うと約束した。

　それから、ハル先輩は真剣な顔をして自分の過去のことを話した。ハル先輩はあまり自分の過去を覚えていないようだと少し前に書いたが、それは、ハル先輩がそういうフリをしているのだ。ハル先輩は自分の過去について、普段忘れているフリをして、ここぞというタイミングでのみ話をするのだろう。シリアスな場面の時に発動する重大な回想シーンのような感覚だろうか。

　私が覚えている限り忠実に書こうと思う。

「（ハル先輩）覚えているのは、俺がまだ八つぐらいの時だったか。親がいなくてよ。どうして親がいなかったのかは覚えていない。いくつかの村を転々としながらその日暮らしをしていた。そうだな、時代は江戸時代の初期の頃だったと思う。そんなある日、俺は兄貴に拾われた。住む場所もくれて、飯だって食べさせてくれてよ。兄貴は俺の育ての親だったんだが、問題は、その兄貴の家業が今で言うヤクザだったたってことなんだよな。俺は勉強はからっきしだったが、剣術は人一倍得意でよ。だから何度も他の組の者と斬り合ってきた。

そんな日々を過ごしていた頃、あれは俺が十五か十六ぐらいの歳だったか。街を歩いていると、若ぇ娘が男三人に囲まれて、揉めている様子が目に入ってよ。男三人はうちとは違う他の組のゴロツキで、娘は今にも襲われそうな感じでよ。俺はすぐ止めに入ったよ。『俺の街で何している？　てめぇら女泣かせて遊ぶより、俺と喧嘩した方が楽しいぞ。かかってこいよ』なんて言いながらよ、腰に帯びた刀抜いて、敵もその気になってかかってくるもんだから、三人とも刀をへし折ってやったんだ。それでそのゴロツキはあっという間に逃げて行ったんだ。その時の娘がよ、俺に名前をたずねてくんだ。『俺はヤクザもんだ。名乗るような者じゃねぇ』そう言い返してその場を立ち去ったんだがよ、翌日に同じ場所を通りかかったら、またその娘がいるんだよ。『このあたりは物騒だ。一人でいると昨日のようにゴロツキに襲われるから帰れ』なんて注意してやったんだがよ、そしたら娘は帰らずに俺のあとについてきやがるんだよ。なんだって聞いたらよ、『先ほど貴方様が、一人でいると危険だと仰せになりましたので、貴方様から離れないよう歩いております』なんて言うわけだよ。しょうがねぇから家まで送り届けたんだが、俺はもうその時、その娘に惚れちまったんだよな。それから毎日のように彼女の家に行った。あの頃は楽しかった。そして彼女と俺は結婚したんだ。

しばらくすると嫁がガキを身籠ってよ。俺も嬉しくてなぁ、ガキが生まれるのを楽しみにしていたんだよ。それで、いよいよもうすぐ生まれそうだって時に、嫁が言うんだよ。『今夜は満月です。二人で見る満月は今日で最後かもしれませんので、月を見に出かけませんか?』ってよ。ちょうどその時期、俺達と敵対する組が覇権争いしていてよ、夜の街に出るのは危険だからダメだって言ったんだが、どうしてもって聞かねぇから、しょうがねぇってことで、二人で出かけたんだ。それが、妙に心配になったことって当たるのな。どうやら、俺が長屋から出てくるのを見張られていたみたいで、街に入った途端、敵十八人に囲まれた。俺は嫁だけすぐに逃がして刀を抜いたよ。一対十八だぜ？　きついが、応援も呼べねぇし、やるしかなかった。まず、一番近い位置にいる奴らを三人斬った。そのあと後ろから斬りかかってくる奴を一人、横から二人。間合いを詰めて一呼吸したところで二人。さらに後ろを振り返って三人。数秒で半数以上は倒れたと思うが、嫌なことに気づいちまってよ。敵の二人、姿がねぇんだ。慌てて嫁を逃がした方向に走ったんだけど、なかなか見つけられなくてな、探しながら敵二人に遭遇して斬って、やっと嫁を見つけたと思ったら、まさに敵に追われている状況でよ、俺は急いで追いついて一人斬った。

それから嫁連れて橋まで走ったよ。橋を渡った先には敵もいないからな。嫁を先に行かせて、俺は橋で敵が来るのを待った。するとすぐに敵三人が現れてよ、呼吸を整えてすぐに二人斬った。三人目をやろうとした時だ。どうやらまわりこまれていたみたいでな、敵の一人が嫁を人質にしやがってよ。『ほしいのはお前の命だ。嫁とガキ助けたかったら刀を置け』とよ。嫁の腹に敵が脇差押しつけて喋るもんだから、さすがにこうなったら俺も諦めかけた。けど、ガキの顔見ずに死にたくなくてよ。最後の力を振り絞って、刀を地面に置く素振りで、瞬間、目の前にいた敵を斬りつけて、すぐさま振り返り最後の一人もやった。

だがよ、一歩遅かった。嫁の腹に脇差刺さっているんだぜぇ。ぶすっとよ。俺は急いで家に嫁を運んで何とか助けようとしたが、これがどうにもならねぇんだよな。それで、嫁がこんな状態だって言うのに、何とだ……ガキがよ……生まれてきやがるんだよ。そのガキを産んだと同時に嫁は息を引き取った。俺は、頭に血が上って、敵の屋敷に一人で乗り込もうとしたんだ。だが、その時居合わせていた兄貴に全力で止められたよ。『やめておけ。お前にはまだガキがいるだろう』ってよ。そりゃ嫌だったが、なんとか怒りを押し殺して耐えたよ。

それから数日間は、長屋の近所のオバさんにも協力してもらって、ガキを一生懸命育てていたんだけどよ、ある時仕事から帰ってきたら、なんとそのガキも死んでいるんだよ。俺はもう我慢できなくてな、刀持って敵の屋敷に向かったんだ。そして敵の屋敷の門までたどり着くと、そこには何と兄貴が先にいるんだよ。『お前の気持ちはようわかる。お前だけ死なせるわけにはいかねぇ。わしが先頭きっちゃる』そう言って、俺より先に屋敷に入っていくんだよ。俺もあとについて屋敷で大暴れよ。

だが、敵の数が多くて次第に疲れてな、兄貴は俺の目の前で斬られたよ。それを見てさらに暴れたが、数秒と経たないうちに、後ろから一太刀浴び、前から腹を刺され、とどめに前からも一太刀食らって俺は倒れ、意識を失い、死んだんだ」

私はハル先輩の言葉を聞きながら、泣いていた。ハル先輩の臨場感あふれる言葉に、その世界へすっかり入り込んでいた。話しながらときおり涙ぐむハル先輩に、なんて声をかけていいのかわからなかった。

「(ハル先輩) それから目が覚めると、いわゆる霊体の姿だった。俺は死んだってことにすぐ気づいたよ。敵の屋敷で、死体となった俺達が片づけられるのをただ見ているしかできなかった。霊体となった俺はそのあともいろいろ飛び回ったが、誰かに話しかけてもまったく反応ないし、ものは持てないし、まぁ、ものに触れられない感覚を楽しんだりもしたんだが、次第に飽きてきてな。ほんと、何にもしねぇでぼぉっとしていたよ。

何かしようとするたびに、俺と似たような境遇の霊体があざ笑うんだよ。『何を意味のないことしているんだ?』ってな。寝転がって目を閉じるか、一点をぼぉっと見つめているか、それぐらいしかすることがないんだ。何もできないし、何もない。そんな空間に何年か何十年か、何百年かわからねぇ、とにかく長い間いたんだ。そんな時、何と兄貴が目の前に現れたんだよ。『お前はこんなところにいるような奴じゃねぇ。わしについてこい』そう言われてついて行ったんだ。ついて行った先にあったのは大きくて広い屋敷で、そしてそこにいたのが親父と、うちら一家の見知った顔の奴らだった。『ここで一緒に生活し、親父の指示に従え。そうすればいつかまた人間として生まれ変われる』と兄貴に言われて、俺は生きていた頃を思い出して嬉しくなってよ、また人間に生まれ変わりたいって強く思ったよ。

それからその屋敷で暮らすようになったんだが、一人、世話役だってことでエリを兄貴から紹介された。この女がまたよくしてくれてよ。あまり言わないが、凄く感謝しているんだ。それからしばらくして、親父に呼び出されて、下の世界にいるある一人の人間にとりついて、守れ、って指示が来た。そんなもんやったことねぇからやり方もよくわかんねぇし、守るってのもどうしていいかわからなくてな。俺が最初についたのは十五歳ぐらいの青年だったんだが、病弱でよ。俺がついて一カ月も経たないうちに死んじまったよ。この時は明治時代ってやつだったな。まだ車が数台しか走ってなかった。

それからしばらくすると、また、下の世界で人間について守れって指示がきた。今度ついたのはちょうど戦争中でよ、野戦病院にいた一人の兵士についた。だが、何にもしてやれることもなく、一週間ほどでそいつも死んじまった。またしばらくすると三人目の指示が来た。今度は子供だったがそいつも病弱でよ。ついて一週間ほどで死んじまった。俺は三回ともすぐに死なせちまうから、正直希望をなくしていたよ。

四回目は三回目のすぐあとだった。またどうせすぐ死ぬんだろうって思いながら、産まれたばかりの赤ん坊についた。それが翔だ。途中で何度か危ない時もあったけど、なんとか無事二十六歳まで生きてこれた。だから、翔には幸せになってもらって俺も役割をまっとうしたい。いつになるかわからねぇけど、人間に生まれ変わってくることができたなら、またあの時のように同じ嫁と二人で、満月の夜を歩きてぇ。それが俺の夢だ」

私は涙が止まらなかった。ハル先輩に向かって、涙を流しながら、人間になれるといいですねと言葉を発した。ハル先輩も目頭を熱くしているのがよくわかる。

「（ハル先輩）バカ野郎、何でそんな、友ちゃんが泣いてやがんだよ。いいか。夢っていっても、まず嫁がどこにいるのかわからねぇし、生まれ変わったところで嫁ともう一度会える保証なんてねぇんだ」

私は涙を拭き、落ち着きを取り戻そうとお茶を飲んだ。この時はわからなかったが、あとでこのハル先輩の嫁が誰なのかわかった。ハル先輩は忘れてしまっていて、ハル先輩自ら思い出さないといけないらしく、私も口止めされているため本書では書かない。だが、よほど鈍感でない限り、察しがつくと思う。私がいったんトイレで席を離れ、帰ってくると、翔ちゃんの中にはカズさんが入っていた。

「（カズさん）ただいま、友ちゃん。これからお兄さんがこっちに来ます。直接友ちゃんに伝えたいことがあるんだって」

「（ハル先輩）えっ？　クソジジィ来るの？　やだよもう。来るなって言っとけよ」

「（カズさん）先輩、お兄さんに怒られるのが怖いだけでしょ？」

「（ハル先輩）そりゃ怖いよ。俺が『猿ちゃん』なんて言ったことでめちゃくちゃ叱られたしよ、当分の間クソジジィの顔見たくねぇ」

やはり、ハル先輩は上に行った時、いろいろと怒られていたらしい。翔ちゃんにもう一缶ビールを勧めるとお兄さんが現れ、Vシネマワールドに突入する。

「（お兄さん）おぉ、友祈さんも目の前におってちょうどよかった。親父から、お前さんに伝えてやってくれと頼まれてのぉ、まず、今回めぐみちゃんを救ってくれた件、親父もお前さんに感謝しちょる。ほんまにありがとうや」

「私は何もしておりません。私は無力で、除霊一つできませんでした。感謝されるようなことはしておりません」

私は思ったことを口にした。実際にその通りだったからだ。いくらスピリチュアルに関心があって、本やネットで知識を持っていても、彼女を悪霊のえじきにしてしまったのは私の不注意だ。とりついてからも、除霊できない私は無力感を感じていた。

「（お兄さん）親父も、そういう謙虚なところがええ子じゃって言うとったのう。だが、自分をそんなに悪く思わんでもええ。お前さんは強くて、優しい心もっちょるけぇ、それに、お前さんがおらんかったらわしら何も動かれへんかった。じゃけぇ、お前さんのおかげなんじゃ」

　私はお兄さんのかけてくれる優しい言葉が嬉しくて、せっかく乾きはじめていた涙がまた流れ出していた。

「（お兄さん）それからのぉ、最近は死人が多い。これ以上死ななくていい命が失われねぇように、お前さんの力で救える奴は救ってやってほしい」

　私は泣きながら、そういうことはもっと、政治家とか、新薬の研究をしている科学者とかに言ってほしいんだが、と、心の中でツッコミを入れていた。それでも、できる範囲で頑張りますとだけ伝えた。

「（お兄さん）そうじゃ。できることでええけぇ、しっかりと社会貢献しぃや。親父はお前さんのことを大変気に入っているが、そのぶん心配もしとる。自分自身の幸せももっと考えて行動してくれと、そう言うちょった」

　何とありがたいお言葉だろう。嬉しくて涙を流しつつ、私の関心は親父と呼ばれる親分さんのことに移る。お兄さんに親分さんのことについて聞いてみた。

「（お兄さん）親父は、わしら霊体のボスじゃ。それだけじゃが、そうじゃのぅ、お前さんが翔くんとはじめて出会った日のこと覚えとるか？」

　あの日は、凄い豪雨で電車が止まった日だ。その日のことは今でもはっきりと覚えている。まさかと思った瞬間、お兄さんが喋り出す。

「（お兄さん）そうじゃ、あの日、大雨で電車が止まったんじゃろ？　その雨降らしたのはうちの親父じゃ。お前さんと翔くんを引き合わせたくてのぉ。あの日から、親父はお前さんの行動を全部見守っとったんじゃ」

　どこからどこまでを見通されているのか測りきれない。雨をも降らす力を持った親分なんて、もはや霊と呼ぶより神と呼んだ方がニュアンス的に正しいのではないだろうか。そういうことを考えていると、お兄さんがまた話しだす。

「（お兄さん）親父がお前さんのことを大変気にいっちょる。屋敷に招待して宴会したいと言うちょった。そのうち機会があれば行ってやってくれ」

　ここへ来て、あの世へのご招待を受けた。

　霊からあの世へおいでと誘われる状況だけを見ると、ホラー映画さながらの恐怖体験だ。だが、私は親分さんのいる屋敷に行ってみたいと思っていた。そもそもここ数日間、私は急激に不思議な体験をしてきた。ここまで霊的現象を垣間見ると、死に対する考え方が麻痺してくる。私には一つ疑問があった。それは、すでに私はもう死んでいるのではないかという疑問だ。すでに死んでいる、またはもうすぐ死期が来るのかと、私は目の前にいるお兄さんに尋ねた。

「（お兄さん）何を言うちょるんじゃ。お前さんは心配しんでもちゃんと生きとる。これからも頑張って生きぃ。結婚もはよう相手みつけんとなぁ」

そう言いながら私の肩をたたく。どうやら私は生きているそうだが、その時は生に対する感覚が麻痺していて実感が湧いていなかった。

「（お兄さん）そうじゃ、お前さん宛てに猿田彦様と天鈿女様からのメッセージがきちょったぞ。お前さんがいつも来てくれて嬉しい、今後もお友達をつれてきてほしいという内容じゃ。よかったのう。猿田彦様と天鈿女様にお前さんの顔と名前覚えてもろて」

神様からのメッセージを、まるで電報届いてますぐらい軽い感じで話されると感動が半減するが、何とも嬉しいお言葉だ。

「（お兄さん）ちなみに、バカは猿ちゃんなんて言うちょるが、親父ですら猿田彦様の前では頭を下げる。それだけ立派な方じゃ。なのにうちのバカは！」

「（ハル先輩）もう、反省しているって言っているだろうがよぉ。そう怒んなよ」

「（お兄さん）ちっ、反省が足らんようじゃのう。まぁ、とりあえず親父からの伝言はこんなところじゃ、あとのことはバカとカズに任すけぇ、また何かあった時は状況に応じて出てくる。友祈さんも元気でのぉ。おい、バカハル。俺が抜けたらお前体入れ。いいか。それじゃまたじゃ」

そう言うとお兄さんは上に帰っていき、ハル先輩が入った。翔ちゃんはずっと出てきていない。おそらくどこかのタイミングで眠ってしまったのだろう。四日前と違い、翔ちゃんが寝てしまっていても何の違和感なく進められる自分にも驚きだ。時刻はちょうど深夜十二時になる。私もさすがに一日中車を運転し、さらに泣き疲れたのもありくたくただ。そろそろ翔ちゃんを送っていこうとしたら、ハル先輩はまだ私と喋りたいと駄々をこねだす。困っていたところにエリさんがやってきた。

「（エリさん）ハル。そろそろ行くわよ」

エリさんの声はカズさんの声質に似ていて、さらに口調が女性らしい柔らかい感じだ。

「(ハル先輩)なんだよエリ。お前、めぐみちゃんのところにいたんだろ？　何でこっちに来た？　俺はまだ酒も飲み足りねぇし、友ちゃんと喋っているんだ。な、友ちゃん！」

「(エリさん)お兄さんに呼ばれたのよ。さぁ、私と一緒にめぐみちゃんのところへ行きましょう」

「(ハル先輩)えぇ？　ヤダよ。面倒くせぇし、まだ酒のみてぇ」

「(エリさん)ハル。もう一度だけ言うわよ。私と行くわよ」

「(ハル先輩)あぁぁぁ！　クソ！　わかったよ。友ちゃんまたな！　もう最悪だ……」

ハル先輩はエリさんに連行されていった。カズさんにあとで聞いたところによると、どうやら翔ちゃんがめぐみちゃんに嫌われたのは、ハル先輩が調子に乗ったからという評価になっているようで、このあとハル先輩にはキツイお仕置きが待っているらしい。

ハル先輩がいなくなったところで、ようやく翔ちゃんの家へ向かう。私自身も疲れていたので、なるべく早く着くよう高速道路を走り、翔ちゃんの家へ急いだ。家に着くと、そこで再び、私にとりつく霊体のシフトチェンジが行われた。今度は五郎さんとなおとくんだ。翔ちゃんの中には、翔ちゃん本人とカズさんが入る。

別れの挨拶を済ませ、私は自宅へ向かって車を走らせた。今思えば、四日前の誕生日の帰りも、翔ちゃんの家から私の自宅まで、五郎さんとなおとくんを乗せて走っていた。あの時はまさかこんな体験をするなんて思いもよらなかった。

私はお兄さんに言われたことを思い返していた。救える命は救い、社会貢献しろなんていっても、一般人の私に大してできることなんてない。

自分にできることといえば……そうか。この数日間の間に起きた出来事を本にして出版したらいいんだ！　たくさんの人に霊的な知識を持ってもらう。彼ら霊体達や、神様といった、そういう見えない何者かが、たえず我々人間に影響を与え、見守っていることを、この出来事を通じて知ってもらえたならば、少しは社会貢献ができるのではないだろうか。

そんなことを考えながら、自宅に到着した。車から降り、私は誰も乗っていない車の後部座席に向かって声をかけた。

「五郎さん、なおとくん、家に着きましたよ。さあ、部屋に入りますよ」

こうして、平凡とは言い難い日常が続くのであった。

エピローグ

その後も、私は現在進行形で彼ら霊体と契約し続けています。契約は、満了しない限り私の意思では解除できないのです。

翔ちゃんとめぐみちゃんはどうなったかというと、めぐみちゃんは悪霊が祓えてから体調もすっかりよくなったのに、これ以上翔ちゃんと関わりたくないと完全拒否してしまい、どうしたものかと頭を悩ませているところ。

問題の神社の滝は、一般の参拝客がとりつかれないように、立ち入り禁止と撮影禁止を訴える問い合わせを神社に対して行ったものの、残念ながら断られ、現在もパワースポットとして一般公開されています。神社の場所が特定できないよう配慮したつもりですが、もし、場所を特定し滝に触れて何かが起こったとしても、一切の責任は負いかねます。

翔ちゃんとは、その後も一緒に一泊二日で息子に会いに旅行へ行ったり、正月には例の神社で初詣したり、年明けには翔ちゃんの誕生日を祝ったりして、一緒に過ごす日々が増えました。

そうこうするうち、ついに親分さんが直接翔ちゃんの体に降りてくるようになるわ、目に見えない、霊体達だけが使える不思議な霊的アイテムが充実するわ、翔ちゃん自身が幽体離脱して霊体の状態で動きまわりだすわと、一般の方がついていけない度合いが増すばかりの日々を送っています。

はたして彼ら霊体が人間に生まれ変われる日がくるのか、私との契約は満了するのか、その結末は私にもわかりません。

最後に、もう一度念を押しておきますが、この物語は実際に私の身に起こった出来事を作品にしたものです。ですが、あまりにもオカルトチックでぶっ飛んでいるので、小説のかたちで書きました。

信じられる人は信じてくれていいし、信じられない人はフィクションの小説だと思って読んでいただけたらと思っております。

弥栄 友祈（やさか ともき）

1984年　三重県生まれ。
IT系企業に就職ののち、2008年にフリーのシステムエンジニアとして独立。
当時メンターだった経営者の影響を受け、神社へ通い出したことがきっかけとなり、スピリチュアルや精神世界に関心を持ちはじめる。
現在、「学校では教えられない歴史実行委員会」にて講師として参加、日本神話や日本の成り立ちなど、独自の視点で伝える講演活動をおこなっている。

ついに私は霊にとりつかれた　～シフト制～

2015年1月15日　初版第1刷発行

著　者　弥栄 友祈
発行者　韮澤 潤一郎
発行所　株式会社 たま出版
〒160-0004　東京都新宿区四谷4－28－20
☎ 03-5369-3051（代表）
http://www.tamabook.com
振替　00130-5-94804
印刷所　株式会社エーヴィスシステムズ

乱丁・落丁本はお取り替えいたします。

ISBN978-4-8127-0376-2